Il ne s'est presque rien passé ce jour-là

Encres Noires

Collection fondée par Maguy Albet et Emmanuelle Moysan

La littérature africaine est fortement vivante. Cette collection se veut le reflet de cette créativité des Africains et diasporas.

Dernières parutions

N°379, Tiémoko Rémy SERMÉ, *Pleurs dans la nuit*, 2014.
N°378, Baba HAMA, *Kalahaldi*, 2014.
N°377, Faustin KEOUA-LETURMY, *Coupe le lien !*, 2014.
N°376, Joseph Bakhita SANOU, *Il était une fois aux Feuillantines,* 2014.
N°375, Marie-Ange EVINDISSI, *Les exilés de Douma. Tempête sur la forêt. Tome III,* 2014.
N°374, Aurore COSTA, *Folie blanche et magie noire. Nika l'Africaine,* tome IV, 2014.
N°373, Kouka A. OUEDRAOGO, *La tragédie de Guesyaoba*, 2014.
N°372, Kanga Martin KOUASSI, *La signature suicide*, 2014.
N°371, Ayi HILLAH, *L'Exotique*, 2014.
N°370, Salif KOALA, *Le cheval égaré*, 2013.
N°369, Albert KAMBI-BITCHENE, *Demain s'appelle Liberté*, 2013
N°368, Diagne FALL, *Mass et Saly. Chronique d'une relation difficile*, 2013.
N°367, Marcel NOUAGO NJEUKAM, *La vierge de New-Bell*, 2012.
N°366, Justine MINTSA, *Larmes de Cendre*, 2012.
N°365, Ralphanie MWANA KONGO, *La boue de Saint-Pierre*, 2013
N°364, Usmaan PARAYAA BALDE, *Baasammba maa Nibe nder koydol, 2012.*
N°363, Stéphanie DONGMO DJUKA, *Aujourd'hui, je suis mort*, 2012.
N°362, Néto de AGOSTINI, *Immortels souvenirs*, 2012.
N°361, Epi Lupi ALHINVI, *Pays Crépuscule*, 2012.
N°360, Elie MAVOUNGOU, *Les Safous*, 2012.
N°359, Cosmos EGLO, *Du sang sur le miroir*, 2012.
N°358, AYAYI GBLONVADJI Ayi Hillah, *Mirage, Quand les lueurs s'estompent*, 2012.
N°357, Léonard Wantchékon, *Rêver à contre-courant,* 2012.
N°356, Lottin Wekape, *J'appartiens au monde*, 2012.
N°355, Kolyang Dina Taïwé, *La rupture ou les déboires d'une conversion,* 2011.

Aristote Kavungu

Il ne s'est presque rien passé ce jour-là

5-7, rue de l'Ecole-Polytechnique, 75005 Paris

http://www.harmattan.fr
diffusion.harmattan@wanadoo.fr
harmattan1@wanadoo.fr

ISBN : 978-2-343-05425-4
EAN : 9782343054254

L'habitude du désespoir est pire que le désespoir lui-même.

Albert Camus

Partie I

Roman

C'était minuit moins une pour moi. Je n'en revenais pas d'avoir échappé à cet immense brasier. Paris brûle-t-il ? La question ne se posait pas, il brûlait. Les crépitements de ce feu ou leurs échos m'arrivaient entiers derrière le cordon de sécurité de la police.

- Vous ne pouvez pas entrer monsieur, il y a eu un grave incendie ici.

Il n'y avait aucun doute qu'il s'agissait d'un feu, ça sentait le soufre partout. Mais j'étais étonné que ce policier français me donnât du monsieur dans de telles circonstances. Plus en confiance, j'essayais alors de comprendre :

- Un feu, dites-vous ?

- Oui, au 6.

- J'ai bien entendu 6, monsieur ?
- Exactement, 6 Claude Debussy. Pourquoi ?
- J'y habite, au deuxième.
- Hé les gars, héla-t-il, il y en a un autre du 6 ici.

Il appela les gens de la Croix-Rouge. En moins d'une minute, j'étais déjà dans leur ambulance dans laquelle se trouvait une fille ; elle habitait l'immeuble pour la durée de ses vacances et m'avait l'air très secouée. Elle ne parlait pas. Le regard vidé de toute émotion. Elle avait un fond de beauté que l'incendie n'avait pas réussi à effacer. Elle avait naturellement érigé un mur de glace entre nous. Je n'osais pas lui parler de peur qu'elle explose, sans jeu de mots. Je me suis raclé la gorge discrètement pour trouver la voix qu'il faut dans ce genre de circonstance car en rentrant dans l'ambulance, j'avais lancé comme ça quelques noms d'oiseaux pour exprimer mon mécontentement.

- Etes-vous du 6 aussi ? avais-je pris le risque de briser la glace.

Elle dodelina simplement de la tête pour dire oui et, par la même occasion, fermer la porte à d'autres questions.

Dehors, le branle-bas de combat continuait. Les caméras de télévision étaient déjà là, c'est dire si c'était grave. Personnellement, je ne savais toujours pas ce qui se passait, le policier n'ayant pris le soin de me dire que ce qui pouvait être dit.

Le chauffeur de l'ambulance démarra finalement et avant même que je ne me pose la question sur sa destination, on était déjà arrivés. Tous les blessés et traumatisés étaient donc acheminés et installés à la cafétéria de l'école Joliot-Curie, elle-même blessée grave par les déflagrations. L'école reprenait dans quatre jours, il était donc mathématiquement impossible de lui refaire une beauté. Mais qu'est-ce qu'une semaine de plus dans un pays comme la France où il y a un jour de congé ou férié pour une semaine travaillée ?

Cette salle était froide, au propre et au figuré. C'était pourtant encore l'été. Les agents de la Croix-Rouge s'affairaient à donner les premiers soins à ceux qui en avaient besoin.

Monsieur Marchand, le psychologue de service, était là. Il m'avait l'air doux, donc rassurant. A lui seul, il arrivait, par sa présence, à éteindre le feu qui s'allumait encore dans la tête des habitants de l'immeuble. Il me demanda de m'asseoir devant lui.

- Non, lui avais-je dit, prenez plutôt les dames.

Il n'en disconvint pas, il trouva d'ailleurs ces dames plus entamées et plus décomposées que moi. Elles éclatèrent en sanglots à la première question de groupe de M. Marchand. Un simple mais maladroit « comment allez-vous ? » a déclenché chez elles un concert de pleurs et de cris assez compréhensible. Au fond de moi, je reprochais au psychologue cette entrée en matière simpliste, au minimum. Je n'avais pas compris qu'il leur pose une question aussi générale, alors que leurs douleurs étaient loin d'être uniformes. Même si une dizaine d'entre elles était d'origine africaine, c'est-à-dire assez pour que les unes et les autres s'interchangent leurs souffrances respectives et se tordent de douleur un peu par procuration, la thérapie aurait dû être personnalisée. Mais à la décharge du psychologue, cette thèse bizarre et tendancieuse selon laquelle les Africains n'avaient pour la psychologie que scepticisme et dédain. J'attendais une remarque de ce genre de sa part pour lui accorder le fait qu'il n'avait pas totalement tort. Sans peur d'être fusillé du regard par ces dames qui étaient plutôt occupées à essayer de comprendre ce qui s'est passé, par les faits et non des supputations, d'où qu'elles vinssent. Je me rappelais qu'à l'école secondaire où j'avais étudié, les professeurs expatriés nous parlaient souvent d'estime de soi. Cela nous amusait beaucoup. Nous disions, comme en chœur, que c'était une belle invention occidentale dont le seul but était de nous faire passer pour des cancres mais en douce, du politiquement correct avant la lettre. Ils demandaient même à organiser des réunions avec nos parents sur ce seul sujet-là. Et il était tellement aérien comme sujet ou concept que tout le monde, le jour venu, se faisait porter pâle. Ceux qui étaient plus écorchés vifs que les autres collaient, à ces blancs-becs, comme ils disaient un peu méchamment, des noms d'oiseaux qui enverraient n'importe qui à confesse. En patois dans le texte.

Le psychologue les regardait et il avait tout de suite compris qu'il avait commis une bourde, qu'on ne s'attaquait pas comme ça à l'évidence sans y laisser des plumes. Le « Comment ça va » aux gens qui étaient aussi détruits, aussi intérieurement morts n'était pas la plus maligne des stratégies. Mais il décida quand même de continuer sa thérapie en groupe, pour gagner du temps mais en changeant son modus operandi.

- Pourriez-vous m'aider à leur parler ? J'ai simplement besoin qu'elles m'écoutent. Occupez-vous simplement de la logistique, je m'occuperai du reste.

Il m'expliqua qu'il avait besoin de leur parler en tant que groupe mais qu'il voulait le faire individuellement.

- Je ne vous suis pas très bien, docteur Marchand. N'est-ce pas que c'est l'un ou l'autre ?

- Exactement mais pour la première fois, on va faire d'une pierre une quinzaine de coups, si vous voyez ce que je veux dire. Mettez simplement une chaise devant, en retrait des autres et je vais les appeler à tour de rôle. Mais je vous veux pas très loin, s'il vous plaît.

Elles étaient là. Certaines sur des bancs et d'autres assises en tailleur par terre, comme le voulaient leurs traditions. Elles pleuraient quand l'une d'elles lançait un cri de douleur. La forme que j'affichais outrageusement au milieu de ces éclopées avait soudain pris un coup. Les larmes chaudes de ces femmes, filles et mères, me brûlèrent l'estomac. Elles pleuraient de plus belle et le pauvre psychologue n'arrivait plus à placer un seul mot. Une vieille dame d'origine comorienne était là. Ce n'est pas tous les jours qu'on rencontrait les Comoriens, m'étais-je dit, avec quelque détachement. Elle était, à vrai dire, une curiosité pour moi. Son visage était couvert de suie et on ne pouvait distinguer de son visage que ses dents d'une blancheur étonnante, à son âge. Sans même connaître son nom, je lui offris mon épaule. Elle ne fit même pas cas de ce geste spontané. Et puis j'ai pensé que j'avais peut-être commis l'erreur d'homogénéiser toutes ces Africaines en oubliant que la façon de négocier certaines traditions africaines n'était jamais monolithique. De plus, j'avais oublié que jusqu'à plus ample informé, les Comores étaient encore en Afrique et qu'à ce seul titre-là, les gens ne se laissaient pas facilement aller à ce genre de geste. Elle était musulmane aussi et c'était hors de question pour elle de se tenir à moins d'un mètre d'un homme, fût-il plus jeune d'au moins deux décennies. C'est elle que j'ai choisie en premier. Je lui dis de s'asseoir devant M. Marchand, elle obéit aussitôt, comme si le fait de savoir qu'on était de la même sensibilité lui inspirait soudainement l'assurance devant un homme qu'elle ne connaissait pas et à qui elle pouvait prêter toutes les intentions du monde par le simple fait qu'il était blanc.

Les premières questions de M. Marchand ne semblaient pas vraiment l'intéresser, peut-être parce qu'elles étaient non seulement convenues mais impersonnelles. Peut-être aussi parce qu'elle ne s'était jamais retrouvée dans une situation comme ça où elle était comme mise sur la sellette et obligée de se raconter, de s'épancher. Les autres tremblaient toutes comme des feuilles, comme si on avait envoyé leurs pairs au bûcher, en attendant leur tour. Elles sanglotaient maintenant par à-coups. Marchand voulait en profiter pour leur marquer l'esprit, quitte à verser dans le sensationnel. Il leur parla, à travers la Comorienne, des attentats des Twin Towers aux Etats-Unis dont l'écho du spectaculaire effondrement était entendu à travers toute la planète, y compris en France ; il leur mit tout de suite sur les épaules qu'elles souffraient probablement du syndrome du 11 septembre. La messe était alors dite.

« Mais les Twin Towers, elles, n'étaient pas faites en matériaux durables, poursuivit-il, un peu plus sûr de lui qu'au début. En France, on construit sur du dur, c'était logiquement impossible que l'immeuble s'affale en entier, tu ne risquais donc pas grand-chose, à part le feu. Les autres aussi. »

A ses yeux, le feu n'était pas un gros problème, comme s'il s'agissait des effets spéciaux dans un film d'action. Toujours est-il que la dame apprécia beaucoup l'approche du psychologue, même qu'elle endossa, acquiesçant de la tête, le lourd héritage du 11 septembre sans trop sourciller. Elle s'était complètement détachée de ses sœurs de situation qui n'avaient peut-être pas envie de porter un fardeau aussi lourd. Mais elle, elle est musulmane et elle venait de se voir donner le beau rôle dans ces terribles attentats. Celui de victime. Un blanc-seing pour réécrire une histoire collective malmenée par des amalgames et des raccourcis simplistes. Je voyais petit à petit son visage changer dans le sens de quelqu'un qui venait de conjurer la peur ou l'adversité. Mais, j'étais, moi, un peu choqué par le diagnostic expéditif et définitif du psychologue. Des années de métier l'ont probablement conforté dans l'idée que certaines solutions, même à l'emporte-pièce, étaient plus efficaces qu'autre chose pour parer au plus pressé. Il n'avait pas que les dames. Il fallait ensuite passer aux autres, à tous ces hommes supposés assez forts pour supporter l'insupportable. Je lui ai glissé un mot à l'oreille pour rire mais je n'en pensais pas moins :

- C'est la fameuse discrimination positive, docteur !

Ça l'était. Il m'a regardé rapidement avec un léger rictus. Et pourtant, ce n'était pas très glorieux pour tout le monde de considérer qu'il fallait d'abord s'occuper des plus vulnérables, de ces femmes sur lesquelles on ne devrait pas compter si une vraie guerre éclatait. Il y avait, dans ce geste de M. Marchand, de la condescendance à l'égard du sexe faible, une périphrase que les hommes se sont toujours empressés de prendre à la lettre pour gruger à la femme un peu de sa place déjà étriquée.

Ce diagnostic prêt-à-poser avait tout de même le mérite de ne souffrir aucune contestation et de donner, par une curieuse association, l'impression que leur souffrance était un geste de solidarité en direction des Américains.

« On est tous Américains », disait-on à l'époque, dans la foulée de l'émotion suscitée par le terrible drame. Marchand n'ignorait pas qu'il tenait là de l'artillerie lourde, sans jeu de mots, pour ce contexte où l'immédiateté des résultats compte.

Pendant qu'il poursuivait son travail, la dame ne disait rien. Elle souriait même un peu de temps en temps aux petites blagues pourtant éculées du psychologue. Il pouvait se le permettre parce que le plus gros a déjà été fait. Il venait là de faire d'une pierre une quinzaine de coups puisque les autres dames avaient soudain le visage quelque peu rasséréné. Il aligna à nouveau deux trois blagues pour prendre à nouveau le pouls de sa singulière clientèle. C'était dans la poche. Plus personne ne pleurait ni ne sanglotait. La dame comorienne s'était levée et les autres l'ont saluée comme si c'étaient des retrouvailles après une épreuve très douloureuse. C'était une belle transition pour le psychologue, et fort de cette victoire durement acquise, il se retourna vers moi :

- Voulez-vous avancer votre chaise, s'il vous plaît ? me dit-il.

Il eut une approche un petit peu moins tendre avec moi. Je lui dis tout de suite que je n'avais aucun traumatisme et pour cause, je n'étais même pas là.

- Vous pouvez en souffrir plus tard, de cela et de bien d'autres choses encore. C'est très possible que vous sentiez quelque culpabilité avec un peu de recul. La chance que vous avez eue peut vous paraître injuste au vu de tous ces innocents qui viennent de partir.

- Partir ?

- C'est un euphémisme.

Je lui confirme que je n'avais que faire du sentiment de culpabilité, que j'étais très heureux d'y avoir échappé. Je ne comprenais pas non plus qu'il me prenne comme représentant de tous ces autres patients qui attendaient. Je pensais même qu'il avait vu par mon comportement que je n'avais besoin d'aucun soutien psychologique. Il usa ensuite de tous les subterfuges pour me faire dire des sentiments que je n'avais pas, que je ne projetais même pas.

Il s'entêta :

- Racontez-moi ce que vous avez vu en arrivant.

- Je n'ai presque rien vu, voyez-vous !

- Votre « presque » me semble intéressant.

- La fumée, peut-être ! Oui, j'ai vu et humé mais de la fumée, tout ce qu'il y a de normal puisqu'il y avait un feu.

- Aviez-vous imaginé une minute que vous auriez pu être bloqué dans votre appartement ?

- Je me refuse d'imaginer ce genre de choses, de scénario catastrophe.

- Mais la vérité est que vous auriez pu vous retrouver dans l'incendie, n'est-ce pas ?

- Mais je n'y étais pas.

- ...

- D'accord. J'étais dans l'appartement une heure avant l'explosion. J'étais sereinement assis à ma table de travail et j'avais comme une espèce de panne d'idées, de ce qu'on appelle parfois le syndrome de la page blanche. Oh, j'ai oublié de vous dire que je suis écrivain.

- Le syndrome de la page blanche ? Et pourquoi cela ?

- Vers 11 heures, j'ai dû appeler une amie avec qui j'avais seulement rendez-vous le soir. Elle a accepté de me voir avant. J'y suis allé de ce pas car j'ai horreur de faire attendre une femme.

- L'incendie est arrivé une heure après que vous êtes parti. Vous auriez donc pu vous retrouver bloqué ?

- Oui. Vous ne savez pas le plus terrible, deux de mes manuscrits sont effectivement bloqués dans l'appartement.

- N'y a-t-il pas moyen de les récupérer ? Est-ce que quelqu'un peut en parler aux pompiers, à la police, à la maire, à n'importe qui ? Mais il faut qu'on sauve ces manuscrits.

Ces questions étaient destinées à une membre de la Croix-Rouge qui se tenait juste à côté et venue dire au psychologue qu'il y avait un monsieur dans l'ambulance qui était pris d'une terrible logorrhée à cause du traumatisme causé par la perte de sa femme. Mais j'avais l'impression qu'il n'écoutait plus. Il était tout simplement bouleversé par la nouvelle que je venais de lui donner au point de se l'approprier. Le monsieur de l'ambulance, détruit par la disparition de sa femme, pouvait attendre, il n'y avait pas encore péril en la demeure. Il pensait probablement à ce que ça représentait pour un écrivain de perdre le fruit de ses labeurs. Je n'en revenais pas qu'il mette dans un rapport d'égalité la perte d'un simple manuscrit et les vies humaines qui venaient de se consumer dans l'incendie. C'était probablement involontaire. Il avait lui-même commis deux bouquins de psychologie sur le syndrome de *Münchhausen par procuration*, son sujet de prédilection, et il sait ce que c'est que perdre un manuscrit. La fille de la Croix-Rouge, jolie fille au demeurant, voyant l'incroyable agitation du psychologue, s'exécuta. Elle partit mobiliser tous les escadrons présents pour sauver mon travail. La maire de la ville, une communiste, fut tout de suite prévenue. On lui donna un détail que M. Marchand ne connaissait pas : je n'étais pas de France, j'étais un écrivain canadien en voyage de ressourcement, que je rentrais chez moi à Toronto dans les trois jours. Elle a promis de faire tout en son pouvoir pour m'aider. C'était curieux de voir que l'apposition « écrivain canadien » avait l'air de me conférer une immunité et une honorabilité que je comprenais, mais que je trouvais en même temps indécentes et lourdes à endosser dans les circonstances.

Mon récit au psychologue et l'éventualité de perdre mes manuscrits semblaient émouvoir les dames, restées là par paresse. Elles me regardaient presque maternellement comme pour me dire qu'elles me soutenaient dans cette dure épreuve, après l'avoir fait pour les Américains qu'elles ne connaissaient même pas. Je ne connaissais pas leur rapport à la lecture ni ce qu'un manuscrit représentait pour elles. Généralement, ce sont des choses un peu aériennes pour le commun des mortels. J'espérais simplement que ce ne fût pas le cas pour elles, histoire de nous forger le plus petit dénominateur commun, à part le fait d'être de la même sensibilité.

Un sentiment de sécurité m'avait subitement envahi le cœur. Je m'étais senti moins seul. M. Marchand, lui, ne parlait pas. C'était probablement une des techniques de son métier. Il nous regardait asseoir une familiarité de situation avec quelque satisfaction. Les dames me posaient des questions en rafale. Je n'en comprenais que la moitié et de cette moitié, il y avait une bonne proportion qui n'avait rien à voir avec le sujet. Certaines de ces dames avaient compati aussi sérieusement parce qu'elles avaient vraiment pensé que j'avais perdu un membre de ma famille. Je ne me voyais pas leur dire la vérité et qu'elles regrettent d'avoir témoigné de compassion pour un chiffon perdu. Pour éviter qu'un certain malaise s'installe, j'ai vite ramené le sujet à elles. Elles ont même apprécié cet altruisme de ma part. Je suis reparti voir M. Marchand après les quelques platitudes à l'africaine avec ces dames. Je lui ai posé alors une question des plus banales :

- Qu'est-ce qui s'est passé, autrement, M. Marchand ?

Il était complètement surpris de ma question. Je lui ai dit que j'ai été comme happé par les membres de la Croix-Rouge et que je ne savais absolument rien du déroulement des événements.

- Que je me retrouve ici avec vous, docteur, ce n'est pas ma volonté. Je ne sais donc rien de ce qui s'est passé.

- Ah, c'est un peu dur à expliquer mais quelqu'un a tenté de se donner la mort. Il a ouvert le gaz à son réveil et vous connaissez la suite.

- Désolé mais je ne la connais pas, je n'étais pas ici, comme je vous l'ai dit.

- Son appartement a été soufflé par la déflagration, et lui avec. Mais il n'est pas mort, il est à l'hôpital au pavillon des brûlés graves.

- Est-ce qu'il va s'en sortir ?

- On ne sait pas encore, mais... neuf personnes innocentes sont déjà mortes.
- Mais est-ce qu'on sait pourquoi il a voulu faire ça ?
- Non.
- A-t-il de la famille ?
- On ne sait pas.
- Vivait-il seul ?
- On ne sait pas.
- Est-ce qu'il travaillait ?
- On ne sait pas vraiment.
- Quel âge avait-il ?
- Aucune idée, la quarantaine peut-être.
- On ne sait donc rien de cet homme-là ?
- Euh, non, disons à peu près rien.

J'ai été soudain pris d'un malaise. J'ai regardé tout autour de moi s'il y avait quelqu'un d'autre d'aussi offusqué que moi. La situation n'avait plus rien de banal. La facilité et la distance avec lesquelles Marchand répondait à mes questions m'avait quelque peu troublé. Je n'en revenais pas qu'on puisse ignorer quelqu'un à ce point et ne pas s'en indigner. Je me demandais même si cet homme-là existait réellement. Personne ne savait rien de lui, ni de ses motivations. Pourquoi avait-il mis le feu ? Pourquoi s'était-il immolé sans prévenir personne ? N'y avait-il pas là matière à analyse pour Marchand ? J'ai pensé que oui, sans hésiter. Mais à la place, l'attention de tout le monde était tournée vers mes manuscrits dont, personnellement, je n'avais que faire désormais. Il était dans la quarantaine. Info ou intox ? Je ne le savais pas. Si c'était le cas, c'était encore plus dérangeant. Mourir comme ça… Ce n'était pas cela qui me dégoûtait mais c'était plutôt l'indifférence dans laquelle il mourait.

Le branle-bas de combat commença pour récupérer les fameux manuscrits. La maire de la ville semblait avoir, dans les circonstances, moins de pouvoir que les pompiers et les policiers sur place. Ils lui opposaient à chaque fois une fin de non-recevoir, prétextant une question de sécurité. Le syndrome du 11 septembre dont parlait Marchand était bel et bien entré dans le sang et les mœurs des gens. Aussi longtemps qu'ils n'avaient pas encore déterminé la cause de ce qu'ils pensaient, sans réfléchir, être un attentat terroriste, il était donc interdit de réfléchir autrement. La maire se butait donc au syndrome. Dans son tailleur fuchsia, on ne voyait qu'elle, se battant pour moi, sans oublier de se prêter aux caméras de télévision présentes et de compatir aux malheurs des uns et des autres. Je la voyais avancer vers moi, j'ai donc pris le temps d'afficher une mine déconfite. Elle me tendit tout de suite la main, en balbutiant deux trois choses inaudibles et auxquelles je répondis également par quelque chose d'inaudible.

- Comment ça va au Canada ?

Je ne voyais pas comment répondre à cette question, sa loufoquerie m'avait pris de court. Je ne me donnais pas le droit de répondre du Canada tout entier. J'ai failli lui dire que ça allait relativement bien, que Harper a été élu dans un gouvernement minoritaire, que le bœuf canadien n'était plus interdit aux Etats-Unis, qu'au Canada on dit mairesse au lieu de maire dans son cas, etc., mais j'aurais eu l'air ridicule en face de ce brasier qui continuait à faire des victimes. Je me refusais de croire que c'était une maladie franco-française parce que je n'arrêtais pas de penser au « comment ça va ? » de M. Marchand en direction des gens qui n'avaient plus que leurs yeux pour pleurer. Je lui ai servi un timide « ça va bien », comme pour lui signifier le caractère décalé de sa question. Heureusement qu'on a été sauvés par un policier municipal qui avait comme devoir de protéger la mairesse mais voulant faire l'important, il n'a même pas pu lui sauver la mise ni montrer quelque maturité professionnelle :

- Etes-vous Canadien ? me demanda-t-il sans s'embarrasser d'aucune précaution.

- Oui, Monsieur.

- Quel passeport avez-vous ?

- Canadien, voyons !

Ceci dépassait tout entendement. J'ai eu avec la mairesse un regard complice du style « quel con ! » Elle ne pouvait même pas défendre « son » policier tant elle ne voyait par où commencer. Elle resta silencieuse pendant quelques instants en faisant quelques pas comme si elle m'invitait à nous éloigner pour mieux tailler un costume à son policier, à la mesure de cet uniforme auquel il venait de faire honte. Je me disais qu'elle devait être blasée par ce genre de nivellement par le bas qui défiait toute concurrence. Mais c'était sans compter avec la fibre patriotique :

- Excusez-le, c'est parti probablement d'un bon sentiment, me dit-elle, presque maternelle.

- Je sais. J'ai eu ce cas de bon sentiment la semaine dernière aussi, voyez-vous.

Je ne voulais pas rater l'occasion de lui faire comprendre que nous n'avions pas la même vision du bon sentiment, que la différence entre elle et moi par rapport à cette notion était fondamentale.

- La semaine dernière, disiez-vous ?

- J'étais dans le train qui me ramenait de Lausanne à ici, madame, commençai-je, avec un peu de détachement. Le contrôle des passeports, comme vous ne le savez peut-être pas, est souvent une belle occasion de pouffer de rire, c'est des moments d'anthologie, des spectacles à ne pas rater, je vous dis. Soit. J'étais donc bien assis dans le train, disais-je, je lisais tranquillement. A Vallorbe, le policier français voulait voir mon passeport. « Tenez, monsieur. »

- Mais c'est tout ce qu'il y a de normal puisqu'il s'agit de la frontière entre la France et la Suisse, à ce que je sache !

- Oui, madame et ce n'est pas n'importe quelle frontière. Je n'ai pas pu m'empêcher de penser que c'est là que le maréchal Pétain a été conduit avant qu'il ne regagne la France où il était attendu pour être condamné à mort. Vous le saviez, madame, si je peux me permettre ?

- Je suppose que ça n'a rien à voir avec l'épisode du bon sentiment que vous vous apprêtiez à me raconter.

- Absolument rien, madame, c'est le zèle déployé par le policier qui m'a étonné.

Elle ne connaissait pas cet épisode important de son pays, toute enfant de la patrie qu'elle était. Elle a préféré noyer le poisson. Alors, j'ai poursuivi mon histoire exactement où je l'avais laissée.

- Pour revenir à mon histoire de train, madame…

- Oui, vous parliez du policier qui voulait voir votre passeport.

- Ah ! oui, le policier. Je lui ai donné mon passeport, madame. Il l'a ausculté, examiné sous toutes les coutures avant de me poser une rafale de questions des plus basses. Etes-vous Canadien ? m'a-t-il fait à la vue de mon passeport canadien sur la couverture duquel était écrit Canada en lettres d'or sur fond bleu, autant dire qu'on ne pouvait pas le manquer.

- Oui, monsieur, ai-je répondu pour confirmer l'évidence.

- Habitez-vous au Canada ?

- Oui, monsieur.

- Comment ça se fait que vous lisez le *Canard enchaîné* ?

- Je vous demande pardon ? lui ai-je fait comme pour répondre une fois pour toutes à l'absurdité de ses questions.

Madame la mairesse se mit à rire mais à la dérobée et derrière son sac Louis Vuitton. Il n'aurait pas été de bon ton que les caméras la surprennent en complet décalage avec la situation que ses administrés étaient en train de vivre. Déjà qu'être politicien équivalait à quelqu'un de détaché, de déconnecté et, plus grave que le péché originel, quelqu'un qui ne connaît plus le prix de la baguette.

Elle comprit probablement le caractère relatif du fameux bon sentiment. La recherche acharnée de la petite bête chez l'autre, le zèle maladif qui enlève toute raison, le complexe de l'uniforme qui participe d'une auto-proclamation de supériorité, et la conscience d'une permission passive mais acquise, tout cela donne lieu à une médiocratie officielle d'une rare ampleur. Dans la ruée vers la médiocrité à laquelle se livraient ces deux policiers, la mairesse ne savait plus où se pelotonner. Elle s'empressa de m'accorder que c'était effectivement difficile, sinon impossible de faire plus con. Malheureusement pour elle, elle fut prise à nouveau d'un fou rire, vous savez, ce genre de rire qu'on ne contrôle pas et qui, des fois, vous contrôle. Je priai pour qu'on la prît sur le vif, qu'elle soit ensuite obligée d'expliquer dans les médias pourquoi elle dansait sur la tombe des autres Français, de ceux et celles qui vivaient une incommensurable détresse.

- Madame, ce monsieur a eu au moins le mérite de vous faire rire, à ce que je voie !

- En effet, oui. Mais il reste que c'était d'une connerie monumentale.

J'étais entièrement d'accord avec elle. Elle évitait désormais mon regard de peur de repartir dans un autre fou rire. Elle y trouva d'ailleurs une parade :

- Revenons à votre situation.

- Quelle situation ?

- Vos manuscrits.

- Pardon, je ne savais pas que vous étiez venue seulement pour ça. Je sais que c'est une situation qui n'est pas facile.

- Vous n'avez pas tort. Les escaliers et les ascenseurs ont été soufflés ; les pompiers craignent ce qu'ils appellent un retour, que le feu reparte à nouveau. Quand rentrez-vous au Canada ?

- Après demain, madame.

- Oh, merde. Je vous demande pardon. Je ne sais pas quoi faire. J'ai compris qu'il y avait deux manuscrits, c'est des romans, j'imagine ?

- Un roman et un conte urbain pour le théâtre français de Toronto pour lequel la date limite est dans trois jours.

- Oh ! merde.

Elle se déplaça à nouveau. Je voyais bien de loin qu'on lui refusait ce service, par mesure de sécurité. Mais elle obtint quand même de revenir vers 21 heures, le temps que les pompiers s'assurent qu'il n'y aura pas de nouveau départ de feu. Elle me donna la nouvelle, la mine quelque peu triomphante, allez savoir pourquoi.

- Merci, madame. En passant, connaissez-vous le monsieur qui a tenté de se tuer ?

- Euh... Non.

- Savez-vous dans quel état il est actuellement ?

- Non. Pourquoi ?

- Savez-vous s'il vivait seul ou en famille ?

- Il vivait seul, d'après le registre d'OPHLM. C'est tout ce qu'on sait de lui. Oh ! aussi qu'il est d'origine maghrébine.

- Est-ce tout ? Rien de sa vie personnelle et professionnelle ? Rien de ses motivations ? Rien quoi ?

- C'est ça, rien.

C'était à n'y rien comprendre. Les gens se démenaient pour essayer de sauver du feu ce qui pouvait l'être de mes manuscrits. Tous ignoraient jusqu'au nom du locataire du quatrième étage, brûlé grave et sur le point de trépasser ni vu ni connu. Maghrébin ne voulait rien dire, entre nous.

Le téléphone de la mairesse sonna, elle répondit et se tourna aussitôt vers moi :

- C'était l'hôpital, une onzième personne est morte.
- Je suis désolé. Ont-ils donné des nouvelles du monsieur ?
- Non, pourquoi ?

Je ne voyais que répondre. J'étais étonné qu'elle s'étonnât de ma question. Je décidai, par dépit, d'en savoir un peu plus sur cet homme auquel personne ne semblait s'intéresser. Était-ce parce qu'il était arabe ou parce qu'il venait de tuer des personnes innocentes par un geste fou ? Il venait de brûler en même temps que mes manuscrits mais l'importance donnée à ces derniers m'échappait un peu. Ce n'étaient finalement que des manuscrits et ça ne valait pas une seule vie humaine. Je me sentais un peu ébranlé par l'indifférence avec laquelle le suicidé était traité. On ne savait rien de lui comme on pouvait ne rien savoir d'un arbre, encore que l'arbre aurait trouvé des gens pour s'émouvoir de son sort.

Je marchais, par dépit, en direction de l'école transformée en dispensaire. Je lisais l'incompréhension sur plusieurs visages. Les gens se donnaient des accolades à n'en plus finir et ceux qui habitaient l'immeuble espéraient toujours un signe de la part des leurs, toujours bloqués dans l'incendie. On annonça la mort par suffocation d'une vieille dame d'origine malienne qui habitait au treizième ; cette douzième victime plongea la petite communauté africaine de cette cité dans une profonde tristesse et on pouvait non seulement le voir mais aussi l'entendre car ça criaillait de partout. Deux autres femmes maliennes de l'immeuble pleuraient leur aînée et donnaient dans l'inconsolable. Elles se jetaient par terre quand elles n'en pouvaient plus ; elles murmuraient ensuite des choses qui se noyaient dans les sanglots mais je pouvais très bien imaginer qu'elles encensaient la disparue et collaient des noms d'oiseau au responsable de cet incendie. Je me reconnaissais subitement dans leurs pleurs, et le premier regard que je leur avais lancé trahissait ma sensibilité africaine. Elles m'ont enlacé presque automatiquement et j'ai senti respectivement leurs bouches pâteuses sur mon cou. Elles me serraient de plus en plus fort, m'invitant, comme c'est le cas en Afrique, de les accompagner dans cette chorale larmoyante. Seulement voilà, je n'avais pas encore de larmes pour cette vieille dame qui était sans doute merveilleuse mais que je ne connaissais pas. J'essayais tout simplement de les calmer, de les amener à se rendre à l'évidence, en faisant un effort, presque surhumain, pour forcer quelques larmes. Elles ne venaient pas. La mairesse est venue aussi se joindre à nous parce qu'elle se devait, de toute façon, de ratisser large. Les Africains ne votent pas, c'est bien connu mais elle cherchait à donner l'impression d'une administratrice au plus près des préoccupations de ses concitoyens, qui prône l'inclusion. Elle leur serra la main.

- Je suis désolée pour votre mère, leur dit-elle, la gorge serrée.

- Non, ce n'est pas notre mère, madame.

- Oh pardon, votre tante, peut-être !

- Non plus, madame. C'est une voisine, simplement.

La dame aurait pu sourire mais les circonstances ne s'y prêtaient pas. En Occident, on ne pleure pas comme ça une voisine, fût-elle de même sensibilité. Elle réitéra tout de même ses condoléances, cherchant à cacher sa méconnaissance de l'Afrique et de ses rites de vie et de mort. Elle ne s'attarda pas, pour éviter d'autres maladresses compromettantes.

- Je suis également désolé pour votre voisine, leur avais-je fait.

- On l'appelait maman Maïmouna. Elle vivait là depuis plus de vingt ans ; son mari est mort l'an dernier dans un accident de travail. Ses enfants vont bientôt arriver, ils vivent à Saint-Denis.

- Elle vivait donc seule ici ?

- Oui, mais on était là, nous. Elle ne manquait de rien. On lui faisait ses courses parfois, ses enfants venaient également de temps en temps lui rendre visite.

Elles m'ont mal compris. Ce n'était pas du tout un reproche que je leur faisais mais elles se sont senties obligées de se défendre. J'avais encore quelques bons restes d'Africain. J'aurais probablement fait la même chose qu'elles, prendre soin de cette pauvre dame sans qu'on ne me l'ait demandé. J'aurais fait ses courses, ses démarches, pas nombreuses au demeurant, un peu de son ménage, j'aurais même risqué quelques recettes pour la contenter, je lui aurais certainement lu quelques contes de notre cru commun, etc. Mais avant même que je ne puisse sortir de ma rêverie et des ces vœux pieux qui ne m'engageaient pas vraiment, les dames ont poursuivi leur plaidoyer :

- Elle était heureuse, dans sa situation, voyez-vous ! Il fallait que cet imbécile...

- Vous le connaissiez, alors ?

- Qui ça ?

- Vous parliez de l'imbécile.

- Du tout. Je ne l'ai même jamais vu et c'est dommage car je suis en train de le maudire de toutes mes forces sans voir son visage. Je sais simplement qu'il était arabe. Le reste, vous savez, ça ne m'intéresse pas.

- Mais il est encore à l'hôpital, vous pouvez encore éventuellement le voir, voir son visage, si ça peut vous aider à mieux le maudire.

- Je n'ai pas de temps à perdre, je souhaite simplement qu'il crève dans les meilleurs délais. Qu'il crève avant d'aller en enfer.

- Parce qu'il ira en enfer ?

- Qu'est-ce que tu crois ? répliqua-t-elle vigoureusement, oubliant même qu'on se vouvoyait. Dieu ne pardonne pas un suicide, il ira en enfer et je suis payée pour le savoir.

Elle est payée pour savoir la destination de cet Arabe mais non pour savoir ce qu'il était. C'était son voisin aussi mais ils vivaient dans une indifférence totale. J'espérais d'elles qu'elles attestent au moins l'existence de cet homme qu'elles auraient de temps en temps cité dans leurs commérages ou certains ragots de concierge. Les seules preuves que j'en avais, c'étaient les débris de ses affaires soufflées par la déflagration. Je pouvais voir un matelas et quelques vêtements, les signes d'une véritable vie de gueux. J'ai pris un morceau de bois et commencé à chercher dans le fouillis de ses affaires qui continuaient à brûler ; des papiers qui auraient pu m'en dire plus sur lui. La police est venue s'enquérir de ce que je faisais.

« Ce n'est pas une enquête parallèle, messieurs, je voulais juste savoir s'il y a trace de mes manuscrits quelque part. »

- Monsieur est écrivain, dit l'un d'eux.

- Mais pourquoi fouille-t-il partout comme ça ? répond étonnamment l'autre.

- Mais il vient de nous le dire, François. Il est écrivain et ses manuscrits ont brûlé dans l'appartement.

- Mais il n'a pas à fourrer son nez partout.

J'avais préféré m'éloigner et orienter mon enquête vers d'autres pistes. Si écrivain et manuscrit ne disaient rien à ce policier, il ne fallait donc pas tenter le diable car le temps qu'on lui explique, il pourrait commettre l'irréparable.

Je ne pouvais pas ne pas savoir à qui on avait affaire et pourquoi cet homme semblait être un paria. Si notre vie sur terre se résumait à ça, je me devais de m'interroger aussi sur ma propre condition, sur mes jours ici sur terre ; une invitation à l'introspection qui avait fini de confisquer ma sérénité. La peur m'avait tout de suite envahi. Peut-être qu'on vivait tous dans une sorte d'hypocrisie organisée, dans le faux-fuyant ou le faux-semblant, ignorant les personnes à qui on ouvre la porte, pour qui on tient l'ascenseur ou avec qui on prend l'autobus tous les jours ouvrables à 7h02 du matin. J'essayais de me convaincre que je n'étais pas du tout comme ça, que j'étais capable de donner le meilleur de l'Homme en moi sans forcément attendre quelque intérêt ; que j'étais également capable d'essayer de comprendre quelqu'un qui vient de s'immoler par le feu et d'emporter avec lui une dizaine de personnes innocentes ; le comprendre avant peut-être de le maudire aussi.

Je me suis présenté finalement à l'hôpital général de Bagneux où le brûlé a été amené. On me dit qu'il respirait encore. Sa famille n'a pas encore été prévenue, chose rare et étonnante.

- Bonjour madame, je voudrais voir le brûlé de Bagneux.

- Impossible, monsieur, il est aux soins intensifs.

- Quelles sont ses chances, madame ?

- Je ne suis pas son médecin traitant, monsieur, mais à votre place, je n'y compterais pas trop.

- Comment le savez-vous, madame ?

- Mais parce qu'il vient de tuer une dizaine de personnes, enfin...

J'ai failli lui crier que ça n'avait rien à voir, qu'elle devait se contenter de faire son travail de secrétaire médicale et rien d'autre, qu'elle n'avait pas à donner son avis sur une question qui n'était pas du tout dans ses cordes.

J'ai osé alors un mensonge. Je ne savais pas si elle m'avait cru mais cousin était le seul lien de famille plausible que je pouvais faire valoir. Pourtant, je n'aimais pas cette façon de s'appeler cousins qu'ont encore les Arabes et les Noirs de France. Je me rappelle d'ailleurs les avoir tous prévenus à une époque que je n'étais le cousin de personne, ni de près ni même de loin. Mais l'homme est comme un animal qui sait développer, devant l'adversité, ses mécanismes de défense. Cette solidarité de proximité était en fait un rempart contre tout ce qu'ils considéraient comme injustices de la part du Français de souche. Toujours est-il que cette secrétaire a gobé l'appât. Ou a-t-elle pensé que ce n'était pas une mauvaise chose qu'un membre de la famille ou supposé comme tel vienne voir ce qui reste de ce monsieur pour mesurer l'horreur de l'acte posé.

Elle me montra, du doigt et sans rien dire, la direction à suivre.

J'ai ensuite suivi une flèche qui indiquait les soins intensifs. En arrivant, le calme de l'endroit lui donnait également un air lourd et inquiétant. J'aurais aimé voir une espèce d'agitation qui caractérise généralement l'urgence de sauver un cas sérieux. Aucun cri, aucun bruit, même pas celui d'un marteau de réflexion ou d'un électrocardiogramme. Un médecin est passé sans mot dire, peut-être même sans me voir. Je n'ai pas osé lui poser la question, comme s'il s'agissait de connaître les chances de survie de ma mère. Je passais alors en revue toutes les entrées de ce long couloir de la mort, espérant entendre une voix, quelqu'un qui parle ou qui geint. Rien. Peut-être même qu'il n'y avait personne à sauver dans ce pavillon. J'ai même pensé que c'était un piège que la dame de la réception m'avait tendu parce que gober aussi facilement qu'un Noir pouvait être le cousin du brûlé arabe, il y avait maldonne quelque part. Heureusement, le médecin de tout à l'heure est revenu sur ses pas, se souvenant avoir vu quelqu'un qui n'avait rien à faire dans cette enclave mortifère.

- Monsieur, bonjour, me dit-il dans un air quasi circonspect. L'inversion du traditionnel « bonjour monsieur » le préparait déjà dans le rôle de videur de service.

- - Je cherche à avoir les nouvelles du brûlé de Bagneux, lui fis-je le plus calmement du monde.

- Mais c'est à la réception qu'on attend, généralement.

- A la réception ? Ils m'ont simplement dit que ses chances étaient nulles.

- Ils vous ont dit ça ? De quoi se mêlent-ils ? Mais qui êtes-vous, puisque vous n'êtes visiblement pas de sa famille ? Etes-vous un de ses amis ?

- Non ! disons plutôt que oui, en quelque sorte, si vous voulez. Comment je peux dire ça, nous sommes cousins ou frères de situation.

- Je ne vous suis pas très bien.

Comment pouvait-il me suivre puisqu'il avait déjà préjugé du fait qu'on n'était « visiblement » pas de la même famille ! Je me disais que c'était bien fait pour sa gueule car les familles ne sont plus nucléaires ou restreintes de nos jours, il aurait dû le savoir. Et puis au Maroc ou en Algérie, il y a des Arabes qui sont noirs. Lui s'en tenait à ce qu'il voyait à Barbès ou à Belleville.

- En fait, on ne se connaît pas mais on a brûlé ensemble. Pardon, ce n'est pas ce que je voulais dire. Je suis à Paris pour des vacances studieuses, je suis écrivain et...

- C'est donc vous ? Nous sommes au courant du drame que vous êtes en train de vivre avec vos manuscrits, nous ne pouvons que compatir avec vous.

- Le drame ?

- C'est terrible de perdre des manuscrits quand on sait la somme d'efforts et de temps mis à en finir un seul ; et là, vous venez d'en perdre deux à cause de l'imbécillité des gens.

- Mais avez-vous les nouvelles du monsieur ?

- Il va certainement y rester, ça ne vous rendra pas vos manuscrits mais tout de même...

- Est-ce qu'on s'occupe de lui, au moins ? lui ai-je dit, le ton un cran au-dessus.

- Comment ça ! Vous n'êtes donc pas venu ici pour l'achever ?

- Du tout, docteur. J'aimerais lui parler et savoir le pourquoi du comment, si vous voyez ce que je veux dire. On ne se tue quand même pas comme ça, c'est trop facile, non ? Il a dû se passer quelque chose.

- Non. Je ne connais pas son histoire mais c'est notre lot quotidien de voir amener ici des gens qui essayent de se tuer pour des broutilles. A ce que j'ai pu comprendre, votre ami, comment vous dites, cousin, en avait marre de la solitude dans laquelle il vivait depuis des années. Vous savez, à soixante-deux ans, ce n'est pas encore la dernière ligne droite mais c'est tout comme, n'est-ce pas ?

Et ce n'est sûrement pas le moment de traîner des frustrations.

- Soixante-deux ans il avait ?

- Seul et sans enfants. Mais ses souffrances vont bientôt se terminer, c'est vous qui allez être dans une terrible souffrance parce qu'il vous faudra réécrire vos manuscrits, ce qui est loin d'être évident.

En temps normal, j'aurais eu envie de lui prendre son scalpel et de le découper en morceaux pour lui faire payer les absurdités qu'il venait d'aboyer. Le drame ? Il y avait dans ce qu'il disait tout ce qui faisait notre société individualiste, le mépris, l'insensibilité, l'impertinence, la complaisance. Mais était-il différent de tous les autres ? Le drame ? C'est toute la ville que j'aurais tuée si je m'étais mis à analyser les dires des uns et les agissements des autres. Après tout, le brûlé de Bagneux n'était pas de ma famille, il n'était même pas un ami, je ne l'avais jamais vu ni connu, pourquoi donc me mettre martel en tête pour des broutilles, comme dit le médecin ? Ce n'était ni plus ni moins qu'un hasard si nos destins s'étaient croisés. Je ne voulais même pas faire escale en France sur mon chemin de retour au Canada mais la tentation était trop forte. Quelques réminiscences m'ont décidé de rester un peu. Aussi des projets immédiats d'inégale profondeur. Je n'avais pas prévu que quelqu'un habitant le même immeuble que moi se ferait sauter, même si je savais que notre vie était faite aussi de petits tournants, de décalages et d'événements malencontreux contre lesquels on ne peut absolument rien. Mais tout cela n'empêchait pas le fait de m'enquérir du sort d'un pair, fût-il un pestiféré.

- Pourrais-je le voir, docteur, lui avais-je fait, de manière presque machinale et en le défiant un peu.

- En principe non, mais j'imagine que votre thérapie doit passer par là, peut-être même que vous écrirez quelque chose d'autre sur tout ça, sait-on jamais, n'est-ce pas ? Allez-y, vous aurez seulement une minute. Je ne suis pas son médecin mais je vais vous aider.

- Est-ce qu'il a un médecin ?

- Je ne peux pas vous dire. Vous savez, son cas est désespéré, les dés sont presque tous déjà jetés. Et en plus, cela fait des années qu'il n'avait pas renouvelé sa carte de sécurité sociale, sa carte de santé quoi, on aurait dit qu'il préparait son coup depuis longtemps.

- Permettez-moi d'être aussi direct, docteur, mais êtes-vous en train de l'euthanasier ?

- Je vous en prie, monsieur, ce n'est pas le genre de la maison et je ne vous aurais pas invité à le voir si c'était le cas.

- En effet. Désolé.

La salle dans laquelle était notre brûlé avait l'air fraîchement construite. Elle était immense mais sans rien dedans. Ce n'était manifestement pas la salle destinée à accueillir les gens dont il faut à tout prix sauver l'âme. C'était plutôt une espèce de mouroir de luxe, une morgue avant la lettre. Il n'y venait personne, sauf peut-être pour constater le trépas du brûlé, et au suivant.

Je l'ai vu, finalement. Enfin presque. Son corps était enveloppé de tout ce qui sied à un brûlé grave. Je ne voyais même rien de son visage à cause du tube d'oxygénation. Il se faisait perfuser de tous les côtés, c'était assez impressionnant. Je n'osais pas du tout parler, par respect pour lui et pour cet instant que le sort était en train de nous faire vivre tous les deux. Je n'arrivais pas à avoir une mine grave. Je voulais par-dessus tout en apprendre sur lui. J'étais même disposé à humer toute l'odeur qui émanait de son corps si cela pouvait me dire deux ou trois choses sur cet homme qui agonisait dans une indifférence déconcertante. Je regardais le médecin, qui me regardait. Ma minute de visite m'avait paru interminable.

- Pourrais-je lui dire quelque chose, docteur ? Ça ne me prendra qu'une autre minute.

- Ça vous en fera alors deux pour le prix d'une.

C'était quand même assez hallucinant qu'il trouve le moyen de placer une blague dans un contexte aussi lourd, quel talent ! Il se tenait en plus à côté de moi alors que la minute supplémentaire que je lui ai demandée aurait dû avoir une portée confidentielle pour quelqu'un de bien élevé.

Je ne voyais par où commencer. Me présenter ? Il n'en aurait eu que cure. Peut-être lui dire que c'est lui que je voulais entendre mais sans transition comme ça, cela aurait eu l'air trop brutal et je ne voulais pas être celui qui lui aurait porté l'estocade. Mais pendant que je gambergeais, ayant sûrement entendu qu'on ne m'avait donné que deux minutes pour le prix d'une, il sortit deux mots, comme ça, en les répétant deux fois : « poste restante...» et puis s'endormit à nouveau.

Nous nous étions regardés, le médecin et moi. Il n'y avait plus de place pour la plaisanterie car le brûlé grave venait peut-être de donner le nom de son assassin, avais-je personnellement pensé. Le médecin, lui, n'a pas eu le temps de trop penser, n'observant même pas un certain délai de décence, me dit :

- Pensez-vous qu'il a eu le temps d'envoyer vos manuscrits à une adresse de poste restante avant de se cramer ?

Je n'ai pas pu répondre à cette inqualifiable sortie. Je ne savais pas si c'était une boutade, une blague ou une question posée de bonne foi. C'était en fait une énorme absurdité car le cramé ne me connaissait pas et ne connaissait pas, à plus forte raison, l'existence de mes manuscrits. Ce médecin était tout simplement impayable. Mes minutes de visite étaient écoulées. J'aurais pourtant aimé rester là, le temps qu'il faudra, l'accompagner dans cette ironie du sort qui voudrait qu'il meure dans l'amitié, loin de l'indifférence et de la mauvaise foi qui ont peut-être eu raison de lui. Je suis sorti, suivi du médecin. Il ne voulait plus me lâcher, comme si écrivain, ça conférait une sorte d'honorabilité qui permettait tout. Il m'accompagnera jusqu'à la réception, comme d'autres sur le perron de l'Elysée ou du 10 Downing street. Dans la petite salle d'attente, aucun membre de la famille du brûlé. Je pris congé, en pensant naturellement à Poste restante, deux mots qui n'allaient certainement pas me rendre mes manuscrits mais qui aiguiseraient la curiosité de plus d'un. Je pris le chemin de retour, direction la rue Claude Debussy ; il était déjà cinq heures de l'après-midi.

En arrivant rue Claude Debussy, j'avais un petit sourire aux lèvres qui contrastait évidemment avec la réalité de l'endroit. Les recherches se poursuivaient pour continuer à sauver ce qui pouvait l'être, humains compris. Le bilan était désormais de quinze morts, il était lourd, évidemment. Je ne voulais plus penser à mes manuscrits, cela aurait été indécent au milieu de cette énorme tristesse. Les témoignages poignants se succédaient. Une jeune fille a été surprise dans sa salle de bain qui s'est affaissée ; une autre a sauté du deuxième en espérant tomber sur un hypothétique matelas soufflé par la déflagration mais a raté son coup car on était loin du cinéma. Tout juste à côté de moi, une dame noire exultait de bonheur et pour cause :

- Son fils vient d'être secouru par les pompiers, me glissa un officiel de la mairie.

- Toutes les larmes ici ne sont pas que de tristesse, alors !

J'ai eu ensuite honte de mes propos. Ils étaient inappropriés. Mais je revenais de l'hôpital où ce genre de propos n'offusquait pas, ne dérangeait pas. Ils avaient réussi à abaisser mon seuil de tolérance et d'intolérance.

- Où est Marchand ? avais-je demandé comme pour faire oublier la maladresse de mes propos.

Le docteur Marchand, psychologue de son État, continuait à faire des heures supplémentaires. Sa douceur et son flegme rassuraient. Sa présence aussi.

L'école Joliot-Curie était aménagée en dispensaire et peut-être bientôt en chapelle ardente car, en arrivant, deux personnes dont on avait estimé les blessures légères, avaient subitement connu une baisse de régime. Les deux avaient omis de signaler leurs problèmes de santé respectifs, l'une au niveau de la rate, et l'autre des reins. Leur état nécessitait qu'elles soient héliportées. A six heures et des poussières, leur vie était entre les mains de l'état du trafic car il y a de la voiture à Paris à cette heure-là !

Nous les regardions partir dans l'ambulance, alourdissant du coup cette atmosphère déjà difficile.

- Je voudrais vous parler, Dr Marchand.

Il s'apprêtait à quitter le lieu, cette fois-ci. Je devinais par sa mine qu'il a dû beaucoup donner, peser de tout son poids pour atténuer la douleur de ces petites gens.

- Je dois malheureusement partir, d'autres devoirs m'attendent ailleurs.

- J'ai vu le brûlé, docteur.

- Sérieux ? C'est très bien, c'est tout simplement super, votre guérison peut passer par ça. Etiez-vous seul ou avec quelqu'un ?

- Seul. En fait, je n'ai dit à personne que j'y allais. Je voulais seulement comprendre pourquoi un homme de soixante-deux ans se mourrait dans l'indifférence générale.

- Peut-être fallait-il chercher à comprendre pourquoi avoir mis le feu dans l'immeuble, vous savez, l'œuf et la poule...

- Je ne suis pas arrivé à lui parler, il agonise. Mais il m'a simplement sorti deux mots, pour tout discours.

Marchand n'avait finalement plus envie de répondre aux autres devoirs qui l'appelaient. Il m'a écouté religieusement.

- Quelle heure il est ? demanda-t-il.

- Midi trente-cinq à ma montre, plus six heures, il est donc six heures trente-cinq ici.

- La poste ferme à sept heures ici, on peut peut-être y faire un tour, vous ne trouvez pas ? En passant, comment avez-vous fait pour garder l'heure du Canada un mois durant ?

Question à laquelle je n'ai pas répondu. Il savait très bien que le patriotisme se manifeste en plusieurs formes et les six heures de décalage me gardaient en contact permanent avec mon pays et, cela, plusieurs fois par jour.

Nous sommes montés dans la voiture. La Clio du docteur m'a évidemment semblé trop petite au goût du Nord-américain que j'étais. Il démarra en trombe, direction le bureau de poste.

Dans la voiture, Marchand marmonnait, en direction de personne, des phrases auxquelles il essayait de donner sens. « Poste restante. Il avait une poste restante mais comment ? Deux fois poste restante, pourquoi deux fois ? C'est à n'y rien comprendre... »

J'avais par le fait même compris qu'il en savait plus qu'il n'en disait sur le brûlé. Je réfléchissais en même temps au fait que je pouvais le pousser dans ses derniers retranchements pour voir jusqu'où le sacro-saint secret professionnel pouvait tenir. Il avait là un cas comme il n'en voit presque pas dans l'exercice de son métier. Un homme se donne la mort en emportant avec lui une quinzaine de victimes innocentes, y avait-il de la place pour de la compassion ? Je n'aurais pas aimé être à la place de Marchand et avoir à répondre à une telle question. Il continuait à conduire, le regard un peu hagard de temps en temps. Je me tenais d'ailleurs prêt à prendre le volant au cas où il montrait les signes d'un dépassé par les événements. Je lui racontais alors n'importe quoi sur la France, le Canada ou tout autre pays qui me passait par l'esprit, histoire de le garder éveillé.

Comme j'étais le seul lucide à ce moment-là, j'ai aperçu le logo bleu et jaune de la poste et, malgré son état d'esprit, il remarqua :

- C'est peut-être la seule poste au monde à avoir choisi le bleu et le jaune, c'est le rouge et un peu de bleu partout ailleurs.

Je ne fis pas cas de cette observation, désormais préoccupé par le contenu à la poste, pas le contenant. Je savais que c'était impoli de ne pas répondre mais je ne cherchais pas à plaire qui que ce soit. « C'est vrai mais vous n'avez pas été partout ailleurs, docteur », lui ai-je fait tout de même. Il essayait de garer la voiture. Il n'y avait, en tout et pour tout que six places, deux étant réservées aux personnes à mobilité réduite, comme on dit. C'est assez aberrant quand on sait que la poste en France fait aussi caisse d'épargne et qu'il y vient toutes sortes de gens, ceux surtout auxquels la banque refuse l'ouverture d'un compte par procès d'intention. Mais entre nous, la probabilité que deux personnes handicapées arrivent en même temps était quasi nulle, pourquoi alors de tels égards?

- Vous pouvez garer en double file, monsieur.

- Je ne sais pas s'il y a du monde, me répondit-il.

- Il y a sûrement du monde, monsieur. C'est une expérience éternelle que d'attendre le dernier moment pour faire quelque chose, ce n'est pas à vous que je vais apprendre ça.

Il préféra garer sa voiture chez les handicapés, le logo de la ville qu'arborait sa voiture aidait.

Sept heures moins dix mais quelqu'un du bureau de poste était déjà en train de fermer les portes. Je n'en revenais pas. Chez nous, je veux dire en Amérique, ils ne fermeraient pas avant sept heures, même une minute avant, les aiguilles de la montre faisant foi, on peut encore y aller. Marchand montra sa carte, on nous fit entrer. Il demanda à voir le responsable. Un monsieur ouvrit la porte, l'air austère et un peu suffisant, et se présenta :

- Bonsoir, c'est vous qui vouliez me voir ? Je suis chef de service ici.

Je l'ai laissé, enfant de la patrie et bien sous tous rapports, présenter le problème. Au bout d'une minute seulement, en vertu de tous les pouvoirs qui ne lui étaient même pas conférés par la mairesse, il obtint, contre absolument rien, le contenu de la poste restante du brûlé.

- Il y a au moins cinquante lettres là-dedans, dit le chef de service. Cette boite n'a pas été payée depuis près de six mois et on s'apprêtait à la fermer.

Marchand, ouvrant le paquet, s'étonna :

- On dirait que toutes les lettres proviennent de la même et seule personne !

C'était vrai. L'écriture sur l'enveloppe était tout à fait particulière. Il y avait encore un peu de reste de l'écriture arabe mais c'était propre. J'étais presque désolé d'entraîner Marchand dans une telle galère, d'ébranler ses certitudes à ce point-là. Mais l'affaire elle-même n'était pas simple. Même si je n'avais perdu jusque-là que mes manuscrits et un peu de foi dans l'humanité, c'était tout de même rien à côté du non-lieu et de la non-existence de cet homme que tous voulaient mort dans un avenir rapproché.

Je me devais de comprendre. Cette espèce de boîte de Pandore que Marchand venait d'ouvrir était le seul lien qui menait à lui. Sa sœur, dont on avait un moment évoqué l'existence et l'arrivée imminente, brillait toujours par son absence. Impossible d'avoir accès à son appartement, dont il ne restait d'ailleurs plus rien.

- Je vais amener les lettres pour les analyser et je vous tiens au courant.

- Mais je quitte Paris après demain, Monsieur.

La vérité est que Marchand ne voulait pas être vu avec ces lettres. Il ne voulait pas donner l'impression ou même accréditer l'idée qu'il trahissait la mémoire des victimes en s'occupant de celle du coupable.

« D'accord, demain dix heures, au même endroit, monsieur », lui ai-je finalement concédé.

En rentrant sur le lieu de l'incendie, la mairesse nous proposa de rejoindre les autres dans un gymnase aménagé en immense dortoir et réfectoire. On servait déjà la nourriture à notre arrivée sur le lieu. On mangeait froid, avec gruyère et Vache-qui-rit en guise de dessert. Mais j'ai tout de suite pensé que je ne pourrais jamais trouver le sommeil dans ce dortoir qui faisait plutôt penser à un mouroir. J'ai donc décidé de retourner rue Claude Debussy. Etre plus près de cet endroit, de cet incendie dont les circonstances continuaient à m'intriguer. Il y avait toujours des attroupements sur le lieu. Les mêmes policiers et pompiers étaient là mais aucune caméra, ce n'était plus d'actualité. J'ai été accueilli par la nouvelle d'une seizième victime, un père de famille d'origine djiboutienne ; il était manutentionnaire dans un grand dépôt de marchandises et travaillait généralement la nuit. Il avait été surpris par l'incendie alors qu'il dormait, qu'il articulait sa routine journalière depuis plus de quinze ans. Etonnamment, je n'avais encore essuyé aucune larme depuis le début de l'incendie, ce n'était pourtant pas faute d'essayer. En me voyant, la mairesse approcha, toujours en tailleur chic mais d'un autre ton.

- M. Marchand vous cherchait, me dit-elle. Comment a été votre nuit au gymnase ? C'était simplement une mesure d'urgence, on verra ce soir pour les hôtels.

- J'ai passé une nuit assez agréable, merci de demander.

- Ne vous inquiétez pas pour vos manuscrits, on mettra tous les moyens nécessaires pour les retrouver, pourvu qu'ils ne brûlent pas d'ici là. J'ai même demandé du renfort au niveau des pompiers et du matériel adapté.

- Saviez-vous que M. Begag, enfin le suicidé, a laissé aussi des manuscrits ?

- Je vous demande pardon ! Vous voulez dire que… Attendez, des manuscrits ? Vous m'en direz tant.

- En fait, il s'envoyait des lettres à une adresse de poste restante et il y en avait au moins cinquante.

- Il ne les lisait jamais ?

- Oh que si. Mais cela faisait six mois qu'il ne pouvait plus payer et la Poste s'apprêtait à fermer sa boite, d'où la cinquantaine de lettres que M. Marchand est en train de décortiquer. Au fait, vous avez des nouvelles de l'hôpital ?

- Désolée, je ne suis pas allée aux nouvelles, mais je m'apprêtais à téléphoner.

C'était du bluff. Tout le monde maudissait cet homme et voulait le voir crever tout de suite. La seule nouvelle que tous aimeraient avoir, c'est celle de sa mort et pour cela, il n'y avait pas besoin de téléphoner, l'hôpital s'en chargerait avec enthousiasme. J'étais donc le seul, jusqu'à preuve du contraire, le seul à l'avoir vu et j'étais, paradoxalement, loin d'être de sa famille, c'est dire.

La mairesse avait raison. Le renfort demandé était arrivé. Nous étions tous admiratifs devant tant d'efforts. On ne pouvait que lire l'espoir sur le visage des uns et des autres. Ceux qui avaient encore les membres de leur famille bloqués commençaient à espérer et à piaffer d'impatience. La mairesse et Marchand discutaient en marchant vers moi ; les pompiers et les policiers s'affairaient de plus belle à dégager les victimes et à assurer la sécurité autour du cordon.

- Vos manuscrits, monsieur, ne vont pas tarder à être récupérés, me dit-elle, sans s'empêcher de bomber le torse à la vue du nouveau matériel sophistiqué que les pompiers étaient déjà en train de déployer.

- Merci Madame. Mais ils risquent d'être carbonisés.

- J'y avais déjà pensé, figurez-vous. On l'enverrait alors à un monsieur Lejeune à Dijon. Il est, semble-t-il, spécialiste pour reconstituer les écrits brûlés.

- Peut-être qu'on peut aussi envoyer M. Begag chez un spécialiste des corps brûlés, non ?

- Je ne vous suis pas, mais il est entre les mains de spécialistes, croyez-moi. Son cas est irréversible, comment dire, alea jacta est.

- D'ailleurs, il l'avait lui-même prévu, intervient Marchand, comme pour voler au secours de sa patronne. Dans l'une de ses dernières lettres, il disait vouloir en finir avec lui-même, que c'était son vœu le plus cher.

- Est-ce qu'il a dit pourquoi ?

- Oui et non. C'est trop long à expliquer, peut-être aurons-nous le temps d'en parler un jour.

- D'accord, lui ai-je juste dit sans souligner l'absurdité de ce qu'il venait de dire. Un jour ? Mais je n'habite pas ici.

Comment osait-il divulguer le contenu de ces lettres ? N'était-il pas tenu au secret professionnel ? Comment se permettait-il de faire une telle concession à la complaisance ? Je sais bien qu'*alea jacta est* mais ça ne donnait le droit à personne de continuer à refuser à l'incendiaire l'humanité à laquelle il avait droit, comme tout le monde. Personne en plus ne savait si c'était un suicide ou s'il avait été plutôt suicidé. La police se cachait derrière la déontologie. Elle ne pouvait même pas en dire un mot à sa femme, c'est dire. Mais il n'y avait pas de femme dans sa vie, jusqu'à plus ample informé. Il n'y avait personne d'autre que lui-même. Et encore, on ne peut pas véritablement parler de vie, dans son cas, ni d'existence, ou peut-être de l'une mais pas de l'autre. Quelle que soit la façon dont on peut essayer de voir le problème, il était impossible de dire quoi que ce soit qui tienne la route. N'importe quelle autre approche sociologique ou philosophique n'y pouvait rien non plus. Même le fameux l'existence précède l'essence perdait ici de sa substance. Quelle existence et quelle essence ? A bien y penser, l'enfer, c'est les autres est de tous les prêt-à-penser celui qui convenait le mieux à cet homme. On n'existe pas par soi-même mais par les autres, or les autres n'ont que faire d'attester par le fait d'être là l'existence de ce brûlé. Donc, syllogisme oblige, cet homme n'existe pas. J'ai eu envie d'homologuer moi-même cette cruelle conclusion et de passer à autre chose, à mes propres intérêts. Mais je ne voulais pas retourner au Canada sans avoir frappé d'insignifiance cette affaire qui me torturait désormais l'esprit. Nous n'avons pas au Canada la chance d'avoir ce genre de situation circulaire où les questions ne sont répondues que par des questions. Nous vivons d'ailleurs dans un pays magnifique où il n'y a jamais de problème mais il n'y a que de problématiques. Cela nous laisse énormément de temps et de latitude pour les résoudre parce que pour toute problématique, ce ne sont que de querelles de clocher et non de vraies questions existentielles de cette trempe. Vu sous cet angle-là, je ne pouvais pas ne pas rentrer à Toronto où les devoirs m'appelaient car personne ne comprendrait que je sois resté pour un cas dont la pertinence était on ne peut plus douteuse. J'étais donc écartelé. Rester pour comprendre pourquoi, de nos autodafés respectifs, le mien était celui qui mobilisait le plus ; pourquoi et comment un homme en était arrivé à se saborder avec tambour et trompettes alors qu'il avait vécu sans. Rentrer au Canada, sauver les apparences, assurer les arrières, reprendre le train-train de la vie, faire comme s'il ne s'était absolument rien passé à Bagneux. Non, si la vie d'un homme se résumait à cet épisode de l'incendie, je n'étais plus sûr moi-même de mon rôle sur terre, de ce que je suis venu y faire, de ce que j'y laisserais comme tout signe de ce que je fus sur terre, de ce que j'ai aimé et détesté, de ce que j'ai aspiré et respiré, de n'importe quoi pouvant dire ma simple existence, sans plus.

D'un geste brusque, je pris le téléphone. J'ai composé le 17, non sans nervosité. J'aurais voulu leur parler tout de suite, sans diluer ma colère. *Vous avez appelé la police, ne quittez pas*, qu'ils m'ont dit. C'était finalement une bonne idée de me faire attendre. J'ai pu élaborer mes questions, les vider de tout ressentiment et de toute portée vindicative. Quand j'ai finalement eu quelqu'un au téléphone, je me suis empressé de me présenter comme écrivain canadien. « Alors? », la voix me dit. J'ai essayé de situer un peu l'affaire, en prenant toutes les précautions, en utilisant, de surcroît, un registre de langue beaucoup plus terrestre mais je semblais prêcher dans le Sahara. « Mais encore ? », elle m'a répliqué. J'ai décidé alors de lui rentrer dedans, peut-être l'unique façon de faire comprendre quelque chose à cette police nationale. Elle savait tout de l'histoire, cette dame, depuis le début. Elle en avait même fait une affaire personnelle sans en référer à ses supérieurs, comme c'est souvent le cas en France.

- Écoutez, monsieur, je considère cette affaire close, qu'elle me dit d'un ton sec et définitif.

- Mais elle n'a jamais été ouverte, madame, si je peux me permettre.

- Non, je ne vous permets pas du tout de jeter l'opprobre sur nos agents. Ce monsieur a quand même tué des Français parmi les quinze.

- Seize, madame, si je peux me permettre. Il y avait aussi une vieille femme africaine, elle habitait au treizième, elle y vivait heureuse avec ses voisines et...

- Pourquoi me racontez-vous tout ça ? Vous n'avez qu'à attendre qu'on retrouve vos livres sans vous occuper de ce qui ne vous regarde pas.

- Je ne vous parle pas de mes manuscrits, madame, avais-je un peu haussé le ton. Allez-vous ouvrir finalement une enquête par rapport à l'incendie ?

- Pas du tout, cher monsieur. Les faits parlent d'eux-mêmes. Il voulait un suicide collectif, il l'a eu. Il ne nous reste plus qu'à rapatrier son corps dans son pays.

- Quel pays, madame ?

- Au Maghreb, voyons.

- Mais ce n'est pas un pays, madame.

- Ce n’est pas grave, ils vont s’en occuper, ne vous inquiétez pas.

- Mais savez-vous au moins qu’il n’est pas mort ?

- Je sais, mais d’une manière ou d’une autre, il sera rapatrié. *Dura lex sed lex*, mon cher ami. Bon retour au Canada.

Je m’apprêtais juste à lui dire que je n’étais pas encore parti qu’elle avait déjà raccroché. Pourquoi ne m’a-t-elle pas souhaité bon retour en Alaska, pendant qu’elle y était ? Soit qu’elle ne savait pas que le Maghreb n’était pas un pays, je n’en serais pas du tout offusqué ni surpris, soit elle faisait dans un formidable mépris, ce qui ne m’étonnerait pas outre mesure.

Marchand avait finalement quelque chose à nous dire, ce n'était pas tôt. Il avait fini de décortiquer et d'analyser toutes les lettres que le brûlé de Bagneux s'écrivait. « C'est pathétique », nous dit-il, comme à la fois une introduction et un résumé.

- On vit dans une société qui a perdu toutes ses valeurs, même les plus fondamentales, poursuivit-il, cachant mal l'indignation et la colère suscitées par cette situation qu'il avait, comme tout le monde, considérée au départ comme banale ou anodine. Comment peut-on laisser un homme dans un tel état de désespoir, de solitude et de marginalisation sociale ? Je ne comprends pas.

Il avait beau s'énerver mais je ne connaissais pas encore personnellement la teneur de ces lettres, le fin mot de l'histoire. Si lui, Marchand, homme de maîtrise et de mesure, donnait des signes de quelqu'un de choqué et capable de mettre le feu à la première occasion, c'est que quelque chose n'allait pas, quelque part. On ne voulait pas non plus interrompre cette noble rébellion d'un homme surpris de découvrir les *vérités premières, celles qui viennent après toutes les autres.*

Il attendait manifestement une question de ma part, mais il était assez grand pour savoir que certains silences valent plus que des mots. J'étais personnellement content de le voir donner en quelque sorte un sens au non-sens qu'inspirait le suicide d'un homme qui avait choisi de ne pas partir seul. Le psychologue devait probablement détester son travail à ce moment précis de sa vie et pour cause. Il avait, par sa fonction, le devoir de soutenir, par des mots et des gestes soigneusement choisis, les gens qui étaient dans la détresse et, ce faisant, jeter l'odieux sur le brûlé de Bagneux, forcément. Il ne savait plus où donner de la tête. La cinquantaine de lettres qu'il venait d'éplucher l'avait décontenancé à un point tel que la mine qu'il affichait, la douceur et l'assurance qu'il dégageait d'habitude avaient vécu. « Je ne comprends pas », se répétait-il. Il n'y avait manifestement rien à comprendre car l'histoire était on ne peut plus simple : un homme choisit de se tuer en faisant quelques dommages collatéraux au passage. Un fait divers, en somme. Mais le brûlé de Bagneux s'adonnait à l'art épistolaire à ses heures perdues ou de détresse et avait laissé le soin à ses « manuscrits » de dire sa vie de chien, de bâton de chaise.

- Je suis désolé, docteur, m'étais-je décidé quand même à lui dire.

- Je ne comprends toujours pas, je vous jure que je ne comprends pas.

- Peut-être parce qu'il n'y a rien à comprendre.

- Oh que si ! J'ai lu et relu toutes les lettres de M. Begag. C'était un homme seul, c'est tout ce que je peux vous dire.

- Je ne vous suis pas très bien, docteur Marchand. Si vous me disiez tout, je rentre demain en Amérique, et en l'absence de la famille de monsieur, ces lettres-là sont ma propriété, j'ai un témoin.

C'était un peu violent comme sortie mais le devoir de réserve, le secret professionnel ou tout ce qu'on veut ne s'appliquaient pas au cas Begag. Il avait, en deux mots, fait de moi son légataire universel et ça, Marchand le savait.

Il se décida finalement de me résumer, non sans émotion, la cinquantaine de lettres. Je n'osais pas trop poser de questions. Le récit était certes terrible mais il m'arrivait de temps en temps une folle envie de rire tant les choses qu'il racontait étaient dignes d'un vrai comique de situation. Je voulais aussi lui montrer, à ce pauvre Marchand, que j'avais une petite longueur d'avance sur lui, que je pouvais associer ses dires au corps calciné de Begag, à sa condition de légume à l'hôpital général de Bagneux.

- Savez-vous, docteur, qu'ils sont en train de l'euthanasier ? lui avais-je fait, de but en blanc, comme pour l'enfoncer encore plus.

- Nom de Dieu, non, ils ne vont pas oser faire ça !

- Malheureusement, c'est le sort qu'ils ont choisi de réserver à quelqu'un qui porte la responsabilité d'une dizaine de morts.

- Mais c'est à son Dieu de négocier une telle faute, non ?

- Désolé, docteur, mais *homo homini lupus.*

- Je vous demande pardon ?

- L'homme est un loup pour l'homme et on ferait mieux de laisser Dieu en dehors de tout ça, si ça ne vous dérange pas.

- Mais ça serait un assassinat ?

- Non, c'est un suicide assisté. Ils ont pensé qu'il avait besoin d'aide pour mieux réussir son suicide après sa dernière maladresse et qu'il pourrait du même coup finir sa vie sur une victoire, une réussite, pour changer un peu. Dans tous les cas, je l'ai compris comme ça.

- Pourriez-vous m'accompagner à l'hôpital ?

J'attendais évidemment cette question. Marchand avait sans doute besoin de faire le deuil de toute cette situation. Il était désormais sur son propre divan, avec seize morts et des dizaines de blessés sur les bras. On voyait par sa mine qu'il n'avait pas beaucoup dormi.

- Bien sûr, monsieur. On ferait mieux d'y aller tout de suite pour éviter les embouteillages.

Les gens nous regardaient partir avec quelque curiosité. Les pompiers et les policiers qui étaient toujours là nous avaient accordé une sorte d'immunité parce que je venais des Amériques et aussi parce qu'on avait nos entrées chez la mairesse et le psychologue de la ville. Ils nous faisaient un signe de la main au passage. Mais juste au moment où nous quittions la cité pour prendre la grande rue qui mène à l'hôpital, le téléphone de Marchand sonna. C'était la mairesse. Begag est mort. Finalement.

Marchand se mit sur l'accotement, posa sa tête sur le volant, se mût dans le silence comme s'il méditait. Il ouvrit sa boite à gants, sortit une petite bouteille de whisky et ne se gêna pas pour prendre trois gorgées à la suite. Il me regarda et lâcha ce que je savais déjà : « C'est trop tard. »

Je me suis retourné pour me rendre disponible. Je lui ai donné ma main qu'il prit sans se faire prier. Il la serra très fort. De plus en plus fort, comme s'il voulait dégager toute la charge émotive ou émotionnelle dans ce petit geste. J'ai ensuite rabattu mon siège, pendant qu'il enchaînait les gorgées. Je ne pouvais pas encore faire accompagner mes gestes par des paroles car je ne savais pas pourquoi il était aussi abattu. Il me tendit sa bouteille de whisky, par solidarité, exactement comme le feraient les clochards dans le métro de Paris. « Sans façon », je lui dis. C'était, de toute façon, préférable qu'il ait assez de whisky pour y noyer son sentiment de culpabilité. Il répondait là sans le vouloir de toute la France, dans les circonstances. Il aurait pu faire demi-tour et retourner rue Claude Debussy mais il imaginait déjà la liesse populaire à l'annonce de la mort de Begag. Il n'aurait pas supporté vivre cette sorte de malsaine unanimité. Il leur échappait quelque chose à tous ces gens-là, quelque chose qu'ils ne pourraient jamais saisir tant qu'il y aura la rancune et le ressentiment. Je ne sais pas pourquoi mais ma première pensée était quand même allée à la vieille dame noire du treizième étage, morte asphyxiée. Elle était la première victime de Begag, ça marque les esprits. Peut-être aussi parce qu'elle était un peu de mes origines et que tout le monde s'indignait de la mort des quinze Français mais sans penser à elle. Ou encore parce que la mort par asphyxie est celle que je redoute le plus, comme si le sort avait besoin de ces longues minutes pour se moquer de l'asphyxié, de ses contorsions, de ses supplices et supplications, de sa mort lente les yeux ouverts et la langue pendue.

Marchand avait mis les feux de détresse mais la détresse, nous la vivions aussi chacun à notre manière assis dans le huis clos de cette minuscule voiture.

- C'était un miséreux, commença-t-il, me prenant de court. Sa vie ne valait plus la peine d'être vécue mais il suffisait d'un rien pour lui redonner espoir. C'était un homme seul. Sa solitude avait ceci de particulier qu'elle était double : il vivait seul et se sentait seul. Il était sans travail depuis un bon moment. Mais vous ne connaissez pas la meilleure, il avait un retard de loyer de trois ans et demi.

- Je vous demande pardon !

- Vous avez bien entendu, trois ans et demi. Il se sentait inutile. Il disait que chaque fois qu'il sortait, il avait l'impression qu'on le pointait du doigt pour ses arriérés de plus de 27.000 euros de loyer. On lui avait refusé l'assistance pour une question de documents à fournir. Il était sans électricité depuis deux ans. Il s'éclairait à la bougie dont il avait acheté deux cartons au début de sa mésaventure, comme il l'appelait. De temps en temps, il allait marcher dans le quartier, dans le parc derrière chez lui. C'était l'occasion pour lui de s'inventer un personnage. Il disait qu'il était pilote d'avion mais qu'il était en mise en disponibilité provisoire parce qu'il suivait une autre formation. Tout ce qu'il y a de plus noble. Ou alors, il était toujours pilote d'avion mais en congé technique car sa compagnie avait quelques problèmes ou faisait face à un dépôt de bilan imminent. Tout ce qu'il y a de plus vraisemblable, les compagnies de transport aérien dans cette situation sont légion. Cette apposition lui donnait évidemment quelque importance, dérisoire, vous en conviendrez mais il n'était pas à une dérision près. Il avait reçu sept avis d'expulsion depuis un an et à chaque fois, il le mettait dans une enveloppe, l'accompagnait d'une lettre et se l'envoyait. Il disait dans ses lettres que ces avis d'expulsion étaient le seul lien entre lui et la mairie de Bagneux et, par voie de conséquence, la seule preuve de son existence civile. Il vivait dans l'angoisse de sortir et de revenir en trouvant sa porte murée. Personne, à part ses voisins de palier, ne savait qu'il habitait quelqu'un dans cet appartement-là. Il n'avait ni femme ni petite amie, ni même un ami tout court. Il était seul. Quand j'ai lu ses lettres, j'ai voulu en savoir plus sur lui évidemment. J'ai téléphoné à l'agence nationale pour l'emploi mais tout le monde se retranchait derrière la législation qui voulait qu'on ne donnait des renseignements qu'au seul concerné. Le commissariat n'avait pour seule trace que les avis d'expulsion qu'on lui envoyait par la poste et auxquels il ne donnait pas suite. Mais le tournant, comme il le dit, est arrivé la semaine dernière. Alors qu'il recevait tous ses avis d'expulsion par le courrier, cette fois-ci, c'était différent. Un huissier et le commissaire de Bagneux se sont présentés devant sa porte pour lui présenter l'avis d'expulsion, en ayant évidemment soin de l'assortir des menaces et des remarques désobligeantes. Begag était d'origine maghrébine et, par sa situation, prêtait forcément le flanc à la médisance et à l'humiliation.

Quarante-huit heures qu'on lui donnait pour libérer l'appartement. Allez trouver un logis en deux jours quand on n'a pas la gueule de France, c'est mission impossible.

- Lui a-t-on offert un autre endroit ? Un camion pour déménager ? Un foyer ? Une solution de rechange, quelque chose, quoi !

- Non, rien. Absolument rien. Voilà d'où est venu le drame. C'est une chronique de l'indifférence ordinaire. Tout le monde autour de lui avait démissionné, à commencer par l'État, et ensuite sa famille, et enfin tout le monde. C'est un drame de la solitude ordinaire que je ne souhaite à personne. Évidemment je vous passe des détails. La suite, vous la connaissez. Je vous souhaite un bon retour chez vous, au Canada, monsieur. Vous voyez, il ne s'est presque rien passé ici à Bagneux. Vous pouvez prendre les lettres, M. Bellak, elles sont à vous. Elles ne pourront jamais remplacer vos manuscrits brûlés mais elles vous rappelleront, à l'occasion, qu'il ne s'est presque rien passé ici.

Marchand, détruit, fit demi-tour. Il me déposa devant l'immeuble et s'effaça comme si, effectivement, il ne s'était rien passé sur le lieu. Il n'y avait pas cette liesse redoutée. De bouche à oreille, le téléphone arabe aidant, presque tout le monde était au courant du décès de Begag. On aurait dit qu'il était déjà mort à leurs yeux, que le passage à l'hôpital n'était qu'une punition de Dieu pour faire durer sa souffrance, lui faire donc payer le mal fait. Les deux filles africaines qui pleuraient leur voisine l'avaient d'ailleurs déjà envoyé croupir en enfer pour cause de péché contre le vœu de Dieu pour qui la vie a un prix inestimable. Mais n'est-ce pas qu'il l'avait déjà vécu, son enfer ? Ses jours sur Terre ne se résumaient pas à grand-chose, sinon à des heures perdues, à des regards hostiles, à une hallucinante indifférence. Savait-il qu'il amenait avec lui d'autres personnes ? Marchand pensait que non et je l'ai cru. Il est parti seul, convaincu en tout cas d'être seul. Peut-être qu'avec un peu de recul, les gens l'ont finalement compris. Pas de concert de klaxons, ni d'applaudissements. Les pompiers et les policiers continuaient leur ouvrage. Ils pensaient, comme pour tout autre incendie ou tremblement de terre, qu'il pourrait encore y avoir des gens prisonniers des gravats ou des blocs de ciment. A les voir s'affairer comme ça, j'ai eu une pensée pour ce don de soi de la part des pompiers surtout.

- Monsieur, je vous admire beaucoup, j'admire ce que vous faites.

- Pourquoi ? me dit-il sans me regarder. C'est un métier comme tout autre, non ?

Justement, non. Il s'est tout de suite fermé au débat. La suie sur son corps faisait toute la différence. N'est-ce pas qu'il faut aimer les gens pour faire ce métier ? Il m'aurait probablement cité d'autres métiers, comme enseignant, médecin et deux autres de son choix. J'ai pensé tout de suite que c'était de la fausse modestie. Je suis, moi, de la culture du 11 septembre, je me devais d'avoir pour le métier un respect quasi absolu. « Mais il faut aimer les gens pour faire ce métier, non ? », avais-je quand même maintenu et posé ma question. A ma grande surprise, il s'est retourné pour me considérer. Il observa un moment de silence, comme pour trouver de la profondeur à sa réponse. Il eut ensuite comme un léger rictus, puis :

- Chercheriez-vous des choses pour votre prochain livre ?

- Pas du tout, monsieur.

- C'est bien vous, l'écrivain canadien, non ?

Oui mais comment lui dire que je ne suis pas que ça, que j'ai un cœur aussi ! Que même des fois, je passe ma vie à m'éloigner de l'écriture et à vivre comme n'importe qui ? Comment lui expliquer que les circonstances m'astreignaient à une certaine pudeur, à un délai de décence aussi ?

Je sentis alors la nécessité de prendre un lance-voix et dire une fois pour toutes à tout le monde que ce n'était pas un caprice d'écrivain canadien en panne d'inspiration qui me décidait à avoir de l'intérêt pour les à-côtés de l'incendie ; l'homme en moi souffrait d'une souffrance qu'il ne voulait pas que muette. Comme Marchand, je cherchais à comprendre. Comprendre cette haine unanime pour quelqu'un qui n'inspirait pas autre chose que de la pitié. Comprendre pourquoi j'étais le seul à m'offusquer du non-lieu, de la remarquable non-existence d'un homme. Regardant le pompier, j'ai dodeliné de la tête comme pour dire oui à sa question.

« C'est bien ce que je pensais ». Cette exclamation, un peu sibylline, me fit réfléchir. En avaient-ils après l'écrivain ou plutôt le Canadien ? Peut-être les deux mis ensemble. Ils s'imaginaient probablement qu'une fois au Canada, d'écrivain, je me changerais en colporteur pour salir la réputation de la France. D'où cette mobilisation tous azimuts pour récupérer mes manuscrits. Une seule voix discordante, celle du pompier :

- Pourquoi faites-vous tout ça ?

- Je suis désolé si mes questions vous dérangent mais…

- Je ne vous parle pas de ça. Pourquoi défendez-vous cet homme ? Vous allez au-devant de sérieux problèmes. Il est mort, votre ami, ça aurait dû clore le dossier, non ?

- C'est clos. D'ailleurs je quitte demain matin pour chez moi. Vous parlez de dossier mais est-ce qu'il y en a eu un d'ouvert ?

- Quel dossier ? C'est simplement une façon de parler. Mais ce monsieur ne mérite que du mépris. Il a prémédité son geste et voici les résultats.

- Je vous comprends mais je ne suis pas ici pour le défendre mais je voulais simplement récupérer mes…

- Je suis ici pour sauver les êtres humains, me coupa-t-il abruptement, pas pour sauver des livres ou des papiers, j'espère que c'est clair.

C'est plutôt le débat qui était clos, il a préféré le tuer parce qu'il avait encore de beaux restes de ressentiment malgré la mort de l'incendiaire. Si au moins tout le monde l'avait haï de son vivant, Begag aurait été heureux car la haine lui aurait donné un semblant d'existence, peut-être même une raison de se battre pour se faire aimer. Exister par la haine n'est peut-être pas le lot de tout le monde mais tant qu'à prendre, pourquoi pas ? La haine naît souvent de la méconnaissance mais ça serait une évolution dans la vie de Begag que de dire qu'il était seulement méconnu. Il était inconnu, point final. Inconnu jusqu'à son pays d'origine ; je ne savais pas s'il avait un prénom, peut-être qu'il était un de ces handicapés prénomiques qui sont incapables de bien fonctionner à cause de leurs prénoms trop éloquents. Il s'envoyait des lettres en dédoublant son nom de famille. Son adresse de poste restante n'aidait pas non plus. C'est une boite postale, tout ce qu'il y a de plus impersonnel. Il mourrait, à petit feu, c'est le cas de le dire. Plus terrible, il est mort étouffé par les dettes et la solitude, l'indifférence. La seule preuve de sa miséreuse existence restait ses manuscrits, échappés à l'autodafé de leur auteur et que je me suis mis sur les épaules par un curieux concours de circonstances.

Le commandant m'a sorti de mes pensées en annonçant l'entrée de l'avion dans une zone de turbulences. Fortes turbulences, j'aurais préféré qu'il dise car son avion partait dans tous les sens et nous aussi avec. J'aurais pu y rester tant le sort semblait en être jeté. Je voyais la piste d'atterrissage du hublot de mon voisin mais on était incapables d'y être ; il continuait incroyablement à lire son tabloïd américain en jetant de temps en temps un œil dehors mais on voyait bien que les potins sur la vie des vedettes l'intéressaient plus que l'éventualité que l'avion s'écrase mal ou même s'écrase tout court.

« Voulez-vous arrêter de lire ces conneries, merde ! », lui ai-je dit, presque irrité. Il me répondit par un large sourire et pour cause, il n'avait pipé mot de ce que j'ai dit, c'était en français dans le texte. J'ai pensé un moment carrément lui arracher ce torchon des mains et le confisquer jusqu'à la terre ferme ; mais peut-être qu'il était urgent pour lui de lire, de finir un article donné avant de trépasser, allez savoir. « It's scary, isn't it ? », je lui fais, conciliant. « yeah, it is. », m'a-t-il répondu, non sans un certain détachement.

Et puis soudain, il a eu envie de repousser les limites de son cynisme, il se retourna vers moi et comprit tout de suite que je faisais dans mon froc. Il eut un sourire et ensuite, il me dit, dans un sarcasme hallucinant : « This is no longer Zoom Airlines, my friend, it's Boom airlines. » Il m'invitait à rire avec lui en me regardant. Il s'est cru intelligent d'avoir trouvé un jeu de mots sans l'aide de personne. L'envie de lui prendre son cou et de l'étrangler me prit soudainement. Mais quand il s'est replongé dans sa lecture, j'ai plutôt eu pitié de lui. Même l'onomatopée Boom, du son d'une bombe ou d'un avion qui explose en vol ne m'a plus énervé. On ne doit pas attendre de quelqu'un qui lit des tabloïds ou toute cette presse de caniveau de s'élever, ce serait trop lui demander.

Tout l'avion se mit à applaudir spontanément à l'atterrissage, c'est dire si c'était grave. Je fus pris de court. Les gens alentour me regardaient et ne comprenaient pas que je reste aussi impassible devant l'exploit réalisé par le commandant de bord. Ils auraient peut-être dû me poser la question de savoir si je tenais autant qu'eux à la vie. Je n'allais quand même pas applaudir quelqu'un qui a tout simplement fait son travail ! Mais, depuis M. Marchand, je savais que le syndrome du 11 septembre pouvait se manifester de plusieurs façons, j'en avais une, là. Tout le monde pensait probablement qu'on essayait de détourner l'avion et forcer le pilote à s'écraser contre un symbole de la grandeur canadienne. Oui mais lequel ? La tour CN peut-être ! Mais le Canada n'a pas, comme son voisin, la réputation d'être arrogant et la tour n'est pas, jusqu'à plus ample informé, le symbole de cette arrogance ou de la puissance canadienne pour qu'on marque le coup en la détruisant. Logiquement, on n'avait rien à craindre et les terroristes ne pouvaient même pas nous obliger à retirer nos troupes de l'Irak, on n'en avait pas envoyé. Je bénissais Marchand de m'avoir donné, une fois pour toutes, la cause, quoique fourre-tout, de ces nouvelles formes mondialisées de délire de persécution.

Les gens continuaient à se congratuler, à dire des choses sans queue ni tête mais dictées par l'euphorie, par la conscience qu'ils venaient d'être sauvés d'une mort certaine. Je voulais aussi leur dire que je venais moi aussi d'échapper in extremis à une mort certaine, que le feu rue Claude Debussy n'a même pas encore été circonscrit, que mes manuscrits sont toujours perdus ; je me suis ravisé. J'ai alors cherché à me frayer un chemin. Heureusement qu'il y en avait qui voulaient, comme moi, quitter cet avion et respirer un peu. Je rendais au passage un sourire par-ci et une tape à l'épaule par-là mais rien de bien sincère. Comme je n'avais aucun bagage, j'étais donc le premier à me présenter au kiosque d'immigration. Une minute avait suffi pour qu'on m'envoie voir un autre agent, prenant le soin au passage de mettre un code sur ma carte de débarquement, un code qui résumait probablement l'histoire du dangereux criminel que j'étais. J'ai été reçu gentiment et poliment par l'agent, ce qui était un très mauvais présage :

- J'ai bien compris que vous n'aviez pas de bagages ? me dit-il d'entrée de jeu.

J'ai tout simplement dit non de la tête. « Expliquez-moi ça », enchaîna-t-il dans cette espèce de gentille sommation à vider mon sac.

Je me suis alors mis à lui expliquer l'incendie dans ses moindres détails. Il m'a interrompu pour me demander si j'avais les preuves de ce que je racontais. Hallucinant, non ?

Évidemment que j'avais une bonne preuve. J'avais pris le soin d'acheter le journal Libération à l'aéroport et il y avait un article sur l'incendie en question. Problème : notre ami l'agent d'immigration ne parle même pas français. « Parlez-vous espagnol ? », je lui ai demandé, non sans une certaine violence. « Désolé, non. Pourquoi ? »

Je ne pouvais malheureusement pas lui dire pourquoi mais il le savait sûrement. Il savait qu'il n'était pas au bon endroit dans cet espace international qu'est l'aéroport. Je lui accorde que sa langue est peut-être la plus populaire du monde mais je conteste le fait de l'affecter à l'aéroport où il vient des gens de plusieurs nationalités. Il y avait seulement deux agents bilingues ce jour-là mais ils sont allés manger en même temps, soit que c'est de l'incompétence, ou carrément du mépris. J'ai donc été prié d'attendre un peu. Il est parti quinze minutes, puis est revenu avec une traduction cavalière de l'article. Il souriait. Il m'a fait un signe de la tête qu'on pouvait reprendre.

- L'article parle effectivement de l'incendie mais j'ai un problème. Comment as-tu fait pour rester un mois à Paris sans ramener aucun bagage ?

Je n'en revenais pas qu'il me tutoie d'abord, ensuite qu'il fasse fi de tout ce que je lui ai raconté auparavant. Je ne savais pas quoi répondre, le niveau de bassesse auquel il m'invitait ne m'arrangeait pas. Il a tout de suite compris que sa question avait quelque chose de décalé, au minimum. Je ne pouvais pas braver le feu et récupérer ce qui restait de mes affaires. En fait, il ne pensait pas ce qu'il disait, c'était simplement une question transitoire, il visait un crescendo qu'il avait du mal à orchestrer. Il me posa alors « la » question :

- Quelle preuve avons-nous que ce n'est pas toi qui as mis le feu dans cet immeuble ?

C'était donc ça ! « Allez vous faire foutre », je lui ai fait.

- Pardon ?

- Je vous disais d'aller vous faire voir, et on va attendre que la France contacte Interpol mais en attendant, je dois aller me reposer chez moi.

- Tu peux toujours rêver. On va vous passer au peigne fin, votre famille, vos amis, vos activités, tout, et vous finirez par craquer, je suis payé pour le savoir.

Il tenait absolument à m'arrêter. Heureusement que je n'avais pas de sac, il aurait pu y glisser une saloperie et me faire passer pour un ponte du cartel. Il m'accordait beaucoup trop d'honneur et de crédit car je ne m'estimais pas capable de mettre le feu dans un édifice et tromper la vigilance des policiers au point de prendre l'avion et garder mon sang-froid. Tout ça est un métier que je n'étais pas encore disposé à apprendre. Et puis la France ne m'avait rien fait jusqu'à preuve du contraire, je n'avais donc pas à lui rendre la monnaie d'une pièce qu'elle ne m'a jamais donnée. Dans le petit bureau où j'ai été finalement amené, deux autres agents s'étaient joints à nous dans le but de me confondre. Ils passaient mes pièces d'identité au crible et de temps en temps, ils allaient à côté donner un coup de fil, mes cartes à la main. Ils revenaient déçus. J'ai attendu qu'ils soient ensemble pour leur poser une question :

- Pourquoi n'appelleriez-vous pas Paris pour en savoir davantage ?

Ils se sont regardés. C'était la logique et le bon sens même. Même à trois, ils n'ont pas pu trouver une réponse qui vaille la peine. Comme ils ont l'art de botter en touche, l'un d'eux m'a dit :

- Ce n'est pas à toi de nous dire quoi faire.

C'était bien trouvé, je n'aurais pas pu trouver mieux pour rabattre le caquet à quelqu'un sans toucher à l'essentiel. Je ne leur demandais d'ailleurs pas l'essentiel mais seulement de voir plus loin que le bout de leur nez. J'ai décidé alors de les laisser faire, d'occuper mon temps autrement. Je pensais au brûlé de Bagneux. A Marchand de temps en temps. A mes manuscrits aussi.

Leurs coups de téléphone n'ont pas permis d'établir avec exactitude quel genre de terroriste j'étais et dans le doute, ils ont préféré me laisser finalement partir.

« Bonne journée », qu'ils m'ont dit, sans rire, comme s'il ne s'était rien passé.

Partie II

Fin du roman

Le roman se termine ici. Ce qui va suivre n'est plus du roman. Je remercie le journal *Libération* dont un des articles paru le 4 octobre 2004 m'avait inspiré, après m'avoir choqué et révolté. Il racontait l'histoire d'un monsieur mort à Neuilly dans l'indifférence la plus totale. J'ai pensé que c'était simplement un cas isolé, peut-être celui d'un malheureux déshérité qui ne pouvait plus affronter les regards du très riche Neuilly. Et puis, il y a eu Bagneux. Un gars se tue en faisant sauter, au gaz, l'appartement qu'il occupait. J'y étais en voyage de ressourcement, lui au quatrième étage et moi, au deuxième. Mort dans une indifférence presque concertée. On ne savait rien de lui, absolument rien, alors qu'il y vivait depuis toujours. C'était tout simplement hallucinant. J'ai compris alors que *Libération* et Bagneux m'interpellaient comme citoyen, qu'ils m'imposaient le devoir de m'interroger si notre vie sur terre ne se résumait qu'à ça. J'ai eu peur de la réponse.

Peur d'imaginer qu'on puisse normaliser le mépris et l'intolérance. Peur de voir officiellement homologuées les élucubrations égocentriques et déshumanisantes des uns et des autres. J'étais désormais ces deux gars et tous leurs pairs de situation, comme on était tous des Américains le 11 septembre 2001. J'aurais pu continuer dans le roman, dans l'approximatif et lui trouver des ingrédients qui font vendre. J'aurais contribué alors à cet éloge quotidien de la léthargie générale, de l'acceptation de l'inacceptable. Non. Je me dois de parler autrement, appeler un chat un chat. Je ne dois pas compter sur les gens pour lire entre les lignes d'un récit fictif et comprendre certaines choses. Je ne veux pas non plus me cacher derrière des personnages de roman, réputés inattaquables en règle générale, pour dire le fonds de ma pensée. Je me rappelle encore ce couple improbable venu du Congo dont la femme m'était un peu familière. Ils se battaient deux ou trois fois par semaine, en moyenne. La police, semble-t-il, en avait marre et avait décidé de ne plus s'en faire, de ranger leurs appels au secours dans les nuisances. Il est vrai qu'ils faisaient déplacer des agents pour rien, quelques fois ; il est vrai aussi que la police n'avait pas que ça à faire, arbitrer des scènes de ménage récurrentes, surtout quand elles sont provoquées par des gens faisant partie du contingent de la fameuse misère que la France ne pouvait plus se parfumer par peur de suffoquer. Le couple a donc été abandonné à lui-même, même pas l'idée de le référer à un conseiller matrimonial pour soigner le problème à la source.

Bagneux a bel et bien eu lieu aussi et ce récit est le télescopage de l'incendie et de l'article de *Libération*. Et aussi de toutes ces petites chroniques d'intolérance ordinaire qu'on rencontre quand on décide de ne pas fermer les yeux et les oreilles. Begag a existé, sous un autre nom. Mais cela ne change rien au fait que cette affaire en disait long sur l'état de la France. Des Begag, il y en a légion, il suffit de faire attention, ne pas se fier à la gentillesse et aux amabilités de façade qui créent souvent de la diversion. J'avais personnellement mal à la France, à ce pays que j'avais choisi, adopté mais qu'on m'interdisait, avec les autres, d'aimer. Il y régnait d'ailleurs à l'époque une atmosphère curieuse, malsaine et nauséabonde. Paris avait officiellement décrété un mouvement citoyen de délation collective. Tout Français avait le devoir de dénoncer les immigrés en situation irrégulière; le devoir également de ne pas héberger, sous aucun prétexte, ces gens sous peine d'être mis en examen. Ça ne s'invente pas. Même si la France ne pouvait plus accueillir toute la misère du monde, elle pouvait tout au moins respecter ceux qui, en travaillant au noir, avaient décidé de gagner leur vie à la sueur de leur front, relativement décemment. Ceci donne des munitions aux gens qui ont pourtant la réputation d'être des dictateurs. Heureusement que certains Français avaient compris l'absurdité de cette sortie malheureuse et intempestive de leur gouvernement de l'époque. Ils avaient tout tourné en dérision, certains demandant même à être mis en examen avant la lettre pour cause de désobéissance civile. Je riais, comme tout le monde. Dans les brèves de comptoir, on accommodait cette aberration à toutes les sauces. En voici d'ailleurs une, grivoise à souhait :

Une Française qui avait un copain noir avait décidé de se conformer à ce réflexe citoyen. Elle prit son téléphone à un très mauvais moment puisqu'ils étaient en plein coït et le Noir lui en faisait naturellement voir de toutes les couleurs. Ivre de ce bonheur, elle appela la police pour signaler la présence d'un immigré chez elle.

- Qu'est-ce qu'il y fait, madame, est-il toujours là ? demanda le policier, pour qui le jour de gloire semblait arrivé.

- Oui, monsieur, mais il ne fait qu'entrer et sortir.

Racontée par un monsieur respectable et respecté, neveu même d'un ancien président de la République, cette brève avait le mérite d'avoir décerné la palme du meilleur comique à tout le gouvernement pour des tranches de rigolade que le pays n'avait pas connues depuis longtemps. De mon fauteuil en cuir blanc, je le remerciai d'avoir, avec les autres, sauvé la France à mes yeux, même si, ce faisant, ils sauvaient également la mise à leurs hommes politiques. Pour un instant seulement, du moins. Alors qu'on attendait qu'ils défendent leur position, ils se sont tous fait porter pâles. La vérité, on l'avait deviné avec mes amis, est qu'ils ne voulaient pas se faire doubler sur leur droite par ceux qui avaient compris que les immigrés étaient des vaches à voix non négligeables. C'est un fait.

Au bout d'un moment, tout s'était tassé, comme ils l'espéraient. Mais, entretemps, cela faisait déjà des mois que quelques familles d'immigrés occupaient l'église Saint-Bernard. Du banal. De mémoire d'homme, je n'avais jamais subi une pareille humiliation, quoique par procuration. Jamais une complaisance ne m'avait révolté à ce point-là. Et les journaux radio ou télévisés ne s'ouvraient plus sur ce sujet pour la simple et bonne raison qu'il n'était plus d'actualité. Les conditions de vie de ces familles semblaient être victimes d'une sorte de normalisation et de mise entre parenthèses comme seules les sociétés occidentales savaient le faire. Ces clandestins de Saint-Bernard étaient toujours et de plus en plus clandestins. Les appels se multipliaient en faveur d'une mesure de grâce exceptionnelle mais les gens à qui ils étaient destinés étaient désormais aux abonnés absents, occupés à faire du racolage de circonstance. Ils savaient que le premier qui se risquerait à aller à une émission politique sérieuse du style le Grand Jury-RTL aura à répondre de toute la France et à l'inévitable controverse qui allait s'en suivre. Mais c'était sans compter avec l'arrogance, la suffisance et le côté va-t-en-guerre de ces gens-là. Il avait suffi que l'un d'eux se pointe à une émission de variétés pour que tous aillent s'encanailler dans des émissions de troisième partie de soirée. A cette heure-là, les questions qu'on pose sont d'une telle complaisance que n'importe quel criminel peut s'en tirer à bon compte et avec les applaudissements nourris du public. Ils avaient tous un discours déjà rôdé et harmonisé. Il y avait curieusement un dénominateur commun dans ce qu'ils disaient à propos des sans-papiers et des sans-papières en particulier, du style de ces gens de l'église Saint-Bernard et des immigrés en général : tous s'accordaient à dire que la France avait besoin de main-d'œuvre, donc des immigrés, mais se gardaient bien d'ajouter que la France en avait assez d'accueillir toute la misère du monde. Mais à la place, et curieusement, ils disaient, comme en chœur, avoir une certaine idée de la France. Voilà une phrase qui intriguerait plus d'un. Certains même la commençaient par la négative : non, moi j'ai une certaine idée de la France… qu'ils disaient, et après, plus rien.

Inutile de dire que personne n'allait au bout de sa réflexion; ils laissaient à chacun de nous le soin de remplir cette coquille vide et dangereuse. Je ne voulais pas non plus me perdre en conjectures ; je n'avais pas d'autre choix que de réfléchir à leur place. Alors, à l'Université où je commençais mes études de troisième cycle, j'essayais de placer le sujet pour que du choc des idées jaillisse la lumière dont j'avais besoin, pour ma gouverne. Mes amis remontaient à De Gaulle pour me dire tout le caractère inoffensif de cette phrase mais étaient malheureusement incapables de dire exactement de quelle idée il s'agissait. De Gaule, je le concède, n'avait pas une certaine idée de la France mais plutôt une idée précise du pays et les gens comme lui, on n'en voit malheureusement qu'une fois dans une vie. La France actuelle est, à tous points de vue, différente de celle des années soixante, cela va même sans dire. Mais ce ne doit en aucun cas être une excuse ou un prétexte à des dérives droitières.

Tout le monde, à vrai dire, a une certaine idée de chez lui et c'est cette idée-là précisément qui pousse certains des immigrés à fuir leur pays vers un autre où leur vie ne sera pas en danger. Comment ne pas s'inscrire en faux contre l'idée largement répandue que ces pauvres gens-là viennent manger le pain des Français ? Il y a pourtant plus de Français qui mangent le pain des Gabonais au Gabon que l'inverse, par exemple et je peux continuer encore longtemps comme ça. Cette façon de diviser « les fils et filles de la République » a quelque chose de terriblement malsain. Le plus curieux est que les mêmes Français, qui passent leur vie à jeter l'opprobre sur les étrangers, se bousculent au portillon des pays donnés pour pauvres ou considérés comme des pépinières en matière d'immigrés. Dirigés par des véritables béni-oui-oui à la solde de la France et de ses présidents respectifs, ces États, plutôt leurs présidents, doivent leur survie à la générosité de la France qui ferme souvent les yeux sur les exactions commises. Dans les États africains, par exemple, la liberté d'expression est une denrée rare, voire inexistante. Montesquieu, un illustre Français, pensait que c'était une expérience éternelle que tout homme qui a du pouvoir est porté à en abuser. Il n'avait pas tort. Presque tous les hommes qui prennent le pouvoir en Afrique ont étudié en Occident. Ils juraient tous sur tous les toits qu'ils changeraient les choses. Ils pourfendaient le pouvoir en place pour son manque d'ouverture, pour le manque de démocratie, de liberté d'expression et tout le toutim. Valises remplies de vœux pieux et aidés par la France, la Belgique ou la Grande-Bretagne, c'est selon, ils s'en vont redonner espoir à leurs pairs écrasés par des années de règne sans partage et de dictature cinglante. Mais tu parles ! La prestation de serment donne le la d'une autre forme de dictature, une forme rare de médiocratie où tout est verrouillé, où le culte de personnalité du nouveau président est érigé en véritable projet ou programme politique. Pour avoir vécu dans certains de ces pays-là, je peux témoigner de certaines inepties. Elles ne faisaient pas rire sur le coup mais avec un peu de recul, on peut évidemment se permettre de se tordre de rire. Quand par exemple ces hommes ont maille à partir avec leurs protecteurs occidentaux, ils font une petite rébellion dont l'écho pourrait servir d'avertissement. Tenez par exemple ceci : interdiction avait été donnée dans un pays africain, une ancienne colonie belge, de porter des prénoms chrétiens, donc occidentaux, de porter des costumes, des pantalons et des perruques pour les femmes, etc. On pourrait croire à un gag mais ce n'est pas le cas. Tout le monde s'était plié à ce caprice officiel, même qu'on avait trouvé que c'était une bonne façon de rabattre le caquet à ces colonisateurs belges. Les soldats et les policiers avaient redoublé de vigilance, arrêtaient et sévissaient, sauf évidemment s'ils se faisaient mouiller la barbe. Naturellement, il ne s'était trouvé personne pour dénoncer une telle ânerie. En Occident, une telle ânerie ne pouvait laisser personne indifférent ; ils se marreraient, évidemment. Cela dit, ils n'en revenaient pas, en même temps, de voir leur poulain leur échapper dans ce nivellement par le bas d'une rare singularité. C'est encore Montesquieu qui avait pensé à notre place avec des années d'avance. Il disait que là où il y a les abus, il y a la correction mais il y a aussi les abus de la correction. C'est joliment dit, d'autant plus joliment dit qu'il y a longtemps qu'on nous sert, dans ces pays-là, cette belle assiette d'abus de correction, avec la bénédiction de la France ou de la Belgique, selon le cas.

Mais pour ne pas finir dernier de cette course à la médiocrité, les hommes politiques d'Occident et ceux de leurs colonies rivalisent d'imagination et de créativité, pour nous dérider aussi par le fait même. Ainsi donc, le plus sérieusement du monde, la France, par des voix on ne peut plus autorisées, commençait à ne plus supporter le bruit et les odeurs qui émanaient des immigrés. Va comprendre, Charles. Mais, si cela avait pu offusquer à l'époque, la capacité d'oublier de ces immigrés m'avait personnellement étonné et révolté. Je les ai personnellement vus Place de la Bastille le soir du deuxième tour de la dernière élection présidentielle. Exultaient-ils parce que le candidat de l'extrême droite, raciste et xénophobe à souhait, s'était pris une veste mémorable, ou célébraient-ils l'espoir suscité par cette victoire par défaut ? Tout, ce soir-là, m'échappait. Si au moins il y avait un débat entre les deux candidats, tout le monde aurait su où ils logeaient en matière d'immigration et d'intégration, par exemple. Accorder comme ça une sorte de blanc-seing à quelqu'un simplement par rejet de l'autre m'indisposait. Tous ces gens-là avaient complètement oublié la sortie sur les odeurs ; j'avais peur qu'ils ne fassent la même chose avec toutes les humiliations bues depuis longtemps. Le plus curieux dans tout ça, c'est que leurs pays respectifs ne trouvaient rien à redire quand leurs sujets étaient utilisés dans le seul but de plaire aux 20% potentiels qui votent pour l'extrême droite en France.

La place de la Bastille en 1988, c'était différent. J'y étais personnellement et on était comme une foule sentimentale avec soif d'idéal et de rêve, et le président élu ce soir-là avait tout ce qu'il fallait pour nous faire rêver. Il avait même quelque part quelque chose d'africain, une aura qui faisait que tous les immigrés ou presque se sentaient de la même sensibilité que lui. Il était leur tonton, au propre et au figuré. Il incarnait quelque chose d'indéfinissable, de magique. Sa certaine idée de la France comprenait, entre autres, le droit de vote des étrangers aux élections politiques locales, le discours de la Baule sur la démocratie en Afrique. Il aimait l'Afrique ; il voulait la voir démocratisée mais il savait plus ou moins que les dirigeants africains ne lui faciliteraient pas la tâche car ils avaient encore du mal à faire la distinction entre un bien public et un bien privé, pour tout dire. Mais les immigrés, qui étaient ce soir-là Place de la Bastille, venaient sans aucun doute saluer cette idée de l'Afrique qu'avait ce président français, mort depuis.

D'ailleurs, quelques années après sa mort et à l'occasion d'un sondage sur les intentions de vote des Français et des Françaises sur le thème connu de « si les élections avaient lieu aujourd'hui... », j'ai évidemment donné son nom.

- Mais il est mort, monsieur

- Mais n'est-ce pas que votre question est aussi virtuelle ?

Il n'en revenait pas, ce monsieur de BVA-Paris Match, de se voir répondre de cette manière-là. L'idée qu'il est allé s'emmêler les crayons me donna une satisfaction personnelle tout autant que l'idée d'avoir été pris pour un Français car je n'étais, aux dernières nouvelles, ni de France ni même de Navarre, ça sautait aux yeux.

Juin 1994. Mon ami Djibril, que j'ai connu à l'Université et avec qui je me suis senti beaucoup d'affinités, avait reçu un avis d'expulsion par la poste. Il se battait pendant des mois pour régulariser ses papiers mais sans succès. Djibril faisait lui aussi ses études de troisième cycle. C'était quelqu'un de bien, un garçon sans histoires et qui tramait dur pour vivre et étudier décemment. Il travaillait dans un restaurant *fast food* dès 4h30 du matin et venait ensuite à l'Université, avec tout ce que ça impliquait de fatigue et de sommeil. Les après-midi étaient difficiles pour lui. On enchaînait café sur café mais lui en avait plus besoin que moi car il se devait de résister à l'appel pressant du sommeil. Il gagnait parfois mais il perdait le plus souvent. Il prenait mes notes de cours et était incroyablement toujours à jour. Il ne buvait ni ne fumait. Il ne commettait pas d'actes d'incivilité ordinaire. Il était tout simplement un bon garçon. Djibril avait imploré la préfecture pour qu'on le laissât défendre son mémoire de DEA, une prorogation de deux mois de son délai d'expulsion. Un luxe. Il a été amené manu militari à Roissy Charles-de-Gaulle, jeté dans l'avion d'un coup de pied au cul, direction

Djibouti. C'était à n'y rien comprendre. Beaucoup de jeunes désœuvrés, que l'on voyait Gare du Nord ou Châtelet-Les-Halles se muer en pickpockets ou en petits voyous, n'ayant aucun mémoire à présenter, ni même aucun cours à réviser pour cause de décrochage, continuaient à s'en tirer à bon compte. C'était tout simplement gros. J'avais essuyé des larmes toute la journée, avec bien naturellement l'envie de mettre le feu. Je ne savais toujours pas ce que ça leur coûtait de lui accorder deux mois de plus, deux malheureux mois pour lui permettre de finir ses études. C'était manifestement trop leur demander. C'était ça, la France.

J'avais reçu, une semaine après, une carte postale de Djibril. Il disait qu'il était bien arrivé, qu'il se sentait bien et même heureux au milieu des siens. *Home sweet home*, qu'il me disait à la fin. Comment avait-il osé être heureux comme ça ? J'avais perdu pendant un moment, entre la Place de La Bastille et Djibouti, la notion même du bonheur. Je voulais lire sa colère, sa haine de la France, sa détermination à faire évoluer les choses à son avantage. Je voulais lire quelque chose allant dans le sens d'une plainte pour non-respect des Droits de l'homme. Il avait, lui, continué à aimer cette France-là, à noyer dans la liesse et l'euphorie des retrouvailles avec sa famille tout ce qu'il pouvait avoir comme haine et comme dégoût. Les palmiers et tout le reste ont eu raison de ses éventuels ressentiments. Il ne savait pas encore qu'il venait d'être victime d'une certaine idée de la France que certains se faisaient de manière opportuniste pour faire un clin d'œil éhonté aux électeurs de M. Le Pen qui, c'est bien connu et même vérifié, sont des électeurs déçus de la droite dite parlementaire. Du coup, je ne pouvais plus m'approprier ses états d'âme, il n'en avait tout simplement pas, malheureusement. Pour l'anecdote, il est tout de même retourné à Paris grâce à un mouvement citoyen qui avait mis en place une pétition et qui avait organisé une manifestation devant la Préfecture de Paris, slogans, noms d'oiseaux en direction des politiques et pancartes compris. Je n'ai pas voulu en savoir plus sur ce qu'il pensait de la situation, il avait l'air heureux d'être à nouveau en France. De la fenêtre de sa rue, les filles de joie qu'il avait laissées là étaient toujours les mêmes. Elles s'affairaient pour satisfaire ces hommes en mal d'affection. Mais on aurait dit qu'elles avaient aussi réussi à effacer de la tête de Djibril le fait que la France venait de lui renier son inhérente humanité en l'expulsant comme une vache atteinte d'encéphalopathie spongiforme, susceptible donc de contaminer les enfants de la patrie. Malgré le fait qu'il avait perdu un an dans la défense de son mémoire, il n'avait pas l'air d'en vouloir à qui que ce soit. J'ai pensé que le Djibouti avait des relations privilégiées avec la France depuis longtemps, colonisation oblige, et que c'était même presque la France dans une autre vie. Il ne voulait peut-être pas troubler cette quiétude et cette entente cordiale.

Je me posais toujours la question de savoir comment vivre dans un pays où certains essayent de coller leurs échecs sur d'autres, de se défausser sur eux. Ce n'est pourtant pas vrai que c'est la faute des autres si certains Français n'arrivent pas à se trouver un emploi. A ce niveau-là, les immigrés ne peuvent pas soutenir la concurrence ; ils sont, pour la plupart, des sans-papiers et des sans-papières ; et surtout la France n'est pas encore prête à la notion de l'égalité des chances et selon toute vraisemblance, elle ne le sera jamais. Cette notion restera au stade des vœux pieux, des vœux de circonstance pour sauver les murs de cette maison France qui se fissurent de plus en plus. A cette notion de l'égalité des chances, on préfère celle de la préférence nationale qui, elle, s'est toujours avérée payante électoralement. D'où la consigne officielle d'annexer une photo à son curriculum vitae quand on cherche un emploi, tout simplement hallucinant. Déjà que beaucoup d'étrangers ne trouvent pas d'emplois qui vaillent la peine parce qu'ils sont des handicapés patronymiques et que leurs CV sont déclassés sans être lus à cause de leurs noms de famille beaucoup trop parlants au goût de certains. La photo porte évidemment l'estocade à tout espoir, si mince soit-il, d'être embauché. Il en va de même pour la recherche d'un logement. Le CV et la photo, c'est l'accent. Pourtant, dans le Particulier à particulier, on ne dit pas qu'il faut obligatoirement avoir l'accent de France ou de Navarre mais dans les faits, c'est bien cela qui se passe. L'accent qui, dans d'autres circonstances, dans certains pays comme le Canada, est une richesse culturelle, est un véritable boulet que ces étrangers traînent et qui les empêche ne serait-ce que de discuter avec un propriétaire potentiel. « C'est déjà pris » est le prêt-à-répondre préféré de ces propriétaires. Pourtant l'intégration passe par ces deux éléments essentiels de la vie. Malgré leur bonne volonté, certains de ces étrangers déclarent forfait. Ils deviennent soit clandestins ou s'en vont travailler au noir à un salaire de misère pour un Français dont on ne saura pas s'il les aime ou s'il fait dans l'esclavage moderne. Voilà la recette incontournable pour fabriquer de la racaille, des sauvageons ou se fabriquer des actes d'incivilité ordinaire.

Comme toujours, le gouvernement prend conscience des crises quand elles commencent à menacer la cohésion sociale ou, plus important, les campagnes électorales larvées ou ouvertes. Une loi a été donc votée donnant aux gens le droit au logement opposable. Très jolie formule qui a sûrement fait tabac dans les chaumières. Ce genre de formule fait gagner ou fait perdre du temps à tout le monde. Les énarques et quelques initiés seulement ont compris ce dont il était vraiment question dans cette loi. Les autres, la grande majorité donc, n'y ont vu que du feu et continueront encore pour un bout de temps à décrypter ce droit censé pourtant régler l'épineuse question du logement en France. J'ai personnellement lu le texte de cette loi, histoire d'être prêt à répondre, dans la mesure du possible, aux questions de mes pairs immigrants dont la plupart sont d'une conscience relativement moyenne. Je n'ai rien compris. Les définitions qu'on en donnait étaient on ne peut plus riches, ou même circulaires. Mais le texte a ceci d'intéressant qu'il n'est qu'un texte, sans une réelle obligation aux propriétaires ou aux collectivités de fournir un logement aux nécessiteux. Il y a des entrées ou des alinéas, si on veut, qui donnent la possibilité aux logeurs potentiels de contourner la loi et de botter en touche en toute impunité et à leur convenance. Ils gardent même le droit de le faire encore à la tête du client, à leur guise, malgré la loi. Il s'agit là d'un retour à la case départ négocié avec une maestria défiant toute concurrence. La grogne calmée, le pays pourra passer à autre chose et les gens, les étrangers pour la plupart, continuent de se lever contre ces propriétaires à la gueule de préférence nationale qui s'opposent à leur droit au logement. Peut-être qu'ils ont mal compris le terme opposable, selon toute vraisemblance. Ça ne serait pas une mauvaise idée de faire accompagner tous les textes de loi ou ces expressions figées d'une espèce d'abécédaire, de version allégée et simplifiée à maximum pour les non-énarques, presque toute la population, en somme. L'espoir suscité par cette vraie fausse révolution sociale vient non seulement de faire pschitt mais aussi de ramener tout le monde à la réalité de l'existence d'une France d'en haut, de celle d'en bas, la ligne de démarcation se faisant de plus en plus claire entre les deux.

Mais foin de tout cela, certains étrangers optent quand même pour la nationalité française. Ils considèrent cela comme un moyen de progresser d'un cran sur l'échelle sociale. Ils francisent leurs prénoms pour la plupart. On leur avait dit que ça leur donnerait accès aux emplois réservés aux Français, dans la Fonction publique par exemple. C'est bien. Mais la réalité est tout autre. Il faut passer par les concours pour être de la Fonction publique et c'est bien là que les Romains s'empoignèrent. Résultat, douze concours par an multipliés par six ans, ça en fait du temps perdu à espérer ! Certains se rendent à l'évidence, d'autres réduisent leurs attentes et se rabattent sur des emplois à la voirie municipale par exemple ou sur tout autre poste assimilé à la Fonction publique mais que les Français de souche ou de pure laine répugnent à occuper. A quoi ça sert donc d'avoir la nationalité française si l'on ne se sent pas du pays, si on l'a simplement pour la forme ? De mémoire d'immigré, je n'avais jamais vu en France quelqu'un se naturaliser et avoir cette fierté qui accompagne un tel événement. Dans les nombreuses différences entre la France et le Canada, la notion de citoyenneté est peut-être la plus significative. Ce n'est nullement une étude comparative mais tout le monde dira qu'en devenant Canadien, l'on a un sentiment d'appartenance, cette fierté de compter parmi les Canadiens. On a tout de suite le sentiment que l'on appartient au pays et que le pays vous appartient aussi. Pourquoi cela ? Eh bien, c'est simple. Un immigré qui fait sa demande de naturalisation ne doit pas attendre une éternité pour l'avoir. Il doit faire preuve d'une certaine intégration en passant un examen sur sa connaissance du pays. Et le plus important dans l'histoire, c'est que tout se joue le jour du retrait de sa carte d'identité. Il reçoit une invitation à la poste pour se présenter à la cérémonie de remise de la citoyenneté canadienne. Comme son nom l'indique, c'est effectivement une cérémonie. Les officiels sont là, le représentant de la Reine aussi. Des discours et des témoignages inaugurent la cérémonie, après l'hymne national évidemment. Le néo-Canadien prête serment, avec larmes et émotion. Il serre la main des officiels qui le félicitent et le remercient d'avoir choisi le Canada. Il se fait remettre sa carte, son certificat de citoyenneté, avec le texte de l'hymne national et une copie de la Charte des Droits de la personne, c'est dire si c'est important. Séance photos ensuite avec tout le monde et souhaits de réussite clôturent la journée. En sortant de là, l'on ne peut pas ne pas se sentir Canadien à part entière.

Malgré l'inscription au Journal officiel, rien n'est fait en France pour amener ce sentiment d'appartenance. La méthode est quasi impersonnelle et un rien cavalière. On reçoit sa carte par la poste ou des mains de ces guichetiers de la Fonction publique qui n'ont jamais eu le sourire facile. On devient Français dans l'indifférence la plus totale et, parfois même, on s'est fait répondre méchamment à la Préfecture, l'employé chargé de vous remettre votre carte d'identité donne dans l'excès de zèle ou dans la préférence nationale. Il vous toise, copieusement et de la tête aux pieds. Vous avez presque envie de vous excuser d'être devenu Français. Dans le meilleur des cas, ces agents s'improvisent comiques et alignent des blagues au goût douteux mais auxquelles le néo-Français est obligé de répondre. Mais les blagues de terroir, comme c'est souvent le cas, sont destinées à l'humilier et à le faire passer pour un con de première. Tous les guichets s'arrêtent pour participer à l'humiliation quasi officielle de cet homme. Il la boit, cette humiliation. Sans broncher. Il se dit qu'il va aller leur tailler un costume à leur mesure une fois chez lui. Il les insultera à satiété devant son miroir pour leur rendre la monnaie de leur pièce. Comme disait Léo Ferré, quand un flic vous engueule et ne sait pas que vous allez le dégueuler une fois rentré à la maison, ça console. Il prend finalement sa carte et se tire. Il devient Français dans l'adversité. Son nom est ensuite écrit en petit dans le poussiéreux Journal officiel et à la page 2685. Le sentiment qu'il est encore et toujours étranger restera, malgré la carte. Il brûlera donc les voitures à volonté, cassera les abribus sans aucun état d'âme. Voilà une autre recette incontournable pour fabriquer de la racaille, des sauvageons, et se fabriquer des émeutes à n'en plus finir.

Toutes les solutions proposées pour articuler un petit geste en direction de cette notion d'égalité des chances se sont soldées par de cuisants échecs. La dernière en date était venue d'un homme politique de droite qui avait des ambitions présidentielles et en campagne larvée à l'époque. Il est devenu président. Pour l'anecdote. Connu pour son amour de l'Amérique, il en était un jour revenu avec la notion de discrimination positive. Vu de l'Amérique, ce n'était pas une mauvaise idée, elle avait le mérite de conforter ce politique de droite dans son projet de rupture avec tout ce qui a été fait avant en politique, je le lui accorde. Je peux lui dire, de mémoire de Nord-Américain que la discrimination positive s'applique ici au Canada dans une insolente sérénité et qu'elle produit des résultats sans menacer la cohésion nationale. Au contraire de la France, l'immigré ici en Amérique est une valeur ajoutée, il fait partie des solutions et non du problème. Tous les formulaires officiels comportent la mention d'identification du groupe ethnique auquel on appartient, noir, autochtone, métis, etc. Il y a même des programmes ici qui ne sont réservés qu'aux personnes issues des minorités, pour leur permettre de trouver leur voie, de se sentir chez elles, et personne, jusqu'à preuve du contraire, n'y a jamais trouvé à redire. En France, certains avaleraient de travers le morceau de tête de veau, d'autres brûleraient carrément les immeubles où il y a une forte concentration immigrante, comme c'était plusieurs fois le cas à Paris. Et pour l'enquête, il est souvent urgent d'attendre, avant de subir un enterrement de première.

La personne à l'origine d'une telle initiative serait probablement assassinée le lendemain matin, elle l'aura cherché, comme dirait ce fameux quart de Français qui trouve encore sympathiques les idées de M. Le Pen. Mais cette proposition de discrimination positive pose un double problème. D'abord il y a ce qu'on peut appeler le mal français. Je ne sais pas exactement ce que ça veut dire mais c'est cette espèce de délire de persécution qui se manifeste chez la plupart d'entre eux à la vue d'un étranger hors Union européenne. Ils ont toujours un préjugé négatif, s'ils ne sont pas sur la défensive. Impossible donc d'asseoir un climat propice à la paix. C'est de là que part la confrontation, et l'immigré, qui avait tellement à offrir, passe alors sa vie à se défendre contre un crime qu'il n'a même pas commis, ni directement ni indirectement. Dans la foulée, il fait des enfants qui naissent dans cette animosité, cette gratuite inimitié. Ses enfants découvrent le champ de l'impossible dans lequel ils évoluent, ils tournent mal, brûlent allégrement les voitures et vandalisent un pays qu'ils ne sont jamais arrivés à s'approprier ni à aimer. Terrible cercle vicieux. La discrimination positive aurait eu le mérite de leur donner, sinon l'illusion, du moins l'impression que le gouvernement s'engageait à accompagner leurs rêves d'enfants et d'adultes. C'est, croyez-moi, largement suffisant pour rendre concrets et réels des slogans jusque-là démagogiques, comme *Ensemble, La France unie*, ou d'autres poncifs du genre car ça ne sera jamais ensemble et la France ne sera jamais unie si la tendance se maintient, je suis payé pour le savoir.

L'autre problème de cette proposition est la personne qui la porte. M. Sarkozy, pour ne pas le nommer, a certes eu l'intelligence de tenter quelque chose allant dans le bon sens, rompant avec l'immobilisme en matière d'intégration des étrangers. Mais il n'était peut-être pas la personne désignée pour promouvoir et mettre en place cette politique. Sa sincérité est mise en doute. Les gens pensaient, à raison, que tout ce qu'il faisait n'était jamais innocent, qu'il le faisait d'abord et avant tout pour nourrir ses ambitions. Et comme il savait que les élections en France ne se gagnent plus au centre depuis 2002, il lui fallait ratisser large, même très large. Mais encore là, le bénéfice du doute doit être de mise par rapport à cette proposition somme toute innovatrice car le risque pris était réel et aurait pu lui faire perdre quelques plumes à l'arrivée.

C'est d'une réflexion collective que le pays a besoin et non des mesures répressives à l'endroit de ceux qui ont déjà du mal à se définir eux-mêmes. Expulser ne sert à rien ; expulser en plus des gens qui ont un titre de séjour valide donne le signal d'une France de plus en plus inégale, capable de restaurer l'injuste notion de double peine mais incapable de réparer l'ascenseur social de plus en plus en panne. Quelques présidents africains, alors au sommet de leur pouvoir et de leur règne sans partage, s'amusaient à expulser les Blancs et les étrangers à la moindre saute d'humeur. Ils les renvoyaient par convois, comme ça, juste pour rire. Et on riait avec eux à se tordre les côtes à l'époque à la vue de ces étrangers qui laissaient tout derrière eux et s'en allaient prendre l'avion en se faisant botter le train au passage. Est-ce à un remake de ce genre de conneries qu'on assiste en France ou simplement des moments d'égarement comme on en fabrique encore chez tous les hommes qui ont du pouvoir ? Il n'empêche que le fait de voir des jeunes exorciser leurs colères longtemps rentrées, casser et brûler tout sur leur passage ne faisait pas du tout rire ; mais les voir également en situation d'être expulsés dans leurs pays dits d'origine n'était pas drôle non plus. La réflexion à laquelle il faudra inviter toutes les Françaises et tous les Français pourrait éventuellement permettre à chacune et à chacun de se découvrir, de découvrir l'autre et de découvrir certains pans de la France qu'ils ne connaissent pas. Une sorte de Grenelle de l'immigration. Il y a eu beaucoup de déclarations à l'emporte-pièce de la part de certains hommes politiques ou de certaines voix autorisées de la France d'en haut, ceux qui n'ont jamais mis les pieds dans une banlieue difficile ou si mais escortés par les militaires et les caméras de télé, une image valant mille mots selon la formule mathématique consacrée en période d'élections. La France est sortie fragilisée par ces émeutes et les images de ces jeunes d'origine africaine et maghrébine, pour la plupart, ont permis aux autres de conseiller à la France de balayer d'abord devant sa porte avant de donner des leçons. Même le président Kadhafi qui n'était pourtant pas un modèle de démocrate s'était permis de servir une morale à la France.

Du coup, les autres présidents africains ont désormais le beau rôle car on leur reconnaît, par voie de conséquence, le droit de se défendre contre des ennemis, même de manière préventive. C'est un peu comme lors du fameux final Gore-Bush, le *too close to call,* le recomptage et tout le reste, certains dirigeants africains avaient proposé aux Etats-Unis de les aider à soigner leur démocratie en panne. C'était évidemment d'un comique on ne peut plus rare, venant des gens qui l'ont toujours emporté avec des scores dignes des Républiques soviétiques, sans oublier de faire taire, de manière musclée, toute velléité démocratique. Le pouvoir a la même couleur partout, les mêmes travers aussi.

Cette réflexion aurait peut-être le mérite de donner plus de profondeur aux gens, de regarder aussi à côté d'eux pour voir et se mêler peut-être de ce qui ne les regarde pas. Comment peut-on supporter l'idée que des familles entières passent leur vie dans une église pour une histoire de papiers ? Comment peut-on supporter qu'un homme traine des dettes de loyer d'au moins trois ans au point de lui renier une bonne parcelle de son humanité ? Personne ne voit ces choses-là comme il se devait. Il suffit de regarder la télé pour s'en rendre compte.

Dans un jeu télévisé très couru à l'époque par les ménagères de moins de cinquante ans et au-delà, présenté par un monsieur d'une extrême gentillesse mais aujourd'hui décédé, à la question de savoir ce qui l'énerve le plus dans le monde, un monsieur, pourtant bien sous tous rapports à première vue, a eu une réponse terrible : *les gens qui se rongent les ongles*, qu'il a dit. Je n'en suis toujours pas revenu. Il a passé outre tous ces petits enfants qu'on viole, tous ces gens qu'on pousse à vivre dans les igloos, les deux personnes sur cinq qui ne mangent pas à leur faim en France, tous les Begag dont on piétine la dignité, etc. Ce n'était pas parce que je me ronge les ongles que cette réponse m'avait sorti de mes gonds, c'est la distance, la désinvolture et l'indifférence avec lesquelles elle a été donnée, le rire général qui s'en était suivi, et le spectacle avait continué comme si de rien n'était. Cela dénotait la parfaite méconnaissance de ce qui se passait réellement en France. Etait-ce leur faute ? A leur décharge, ils sont des millions à vivre dans l'ignorance, peut-être que leurs yeux « habitués à la demi-clarté de l'apparence », s'éblouiraient à la vue des réalités à côté desquelles ils passaient sans voir.

Les campagnes électorales ne sont nullement l'occasion d'en apprendre sur son pays et sur les gens qui gouvernent car on nous cache tout on nous dit rien. De la surenchère en veux-tu, en voilà. Le tout, sur le dos des étrangers. Comme ils ne votent pas, ils sont utilisés à qui mieux mieux ; et comme ça s'est toujours avéré payant, la surenchère en la matière s'inscrit dans une ligne politique qui ne dit pas son nom. Le spectacle est des plus hallucinants, les policiers et les CRS redoublent d'ardeur pour faire mousser leur ministre candidat. C'est un métier. C'est bien connu que certains hommes politiques mangeraient du cirage pour briller en public et il y en a qui ne se gêneraient même pas. S'ils ont un problème d'aversion gustative par rapport au cirage, ils ont évidemment trente-six mille autres façons de briller en public. A chaque veille d'élection, on assiste à de terribles convulsions de la part de certains, à une chasse éhontée aux électeurs du Front national et M. Sarkozy, le braconnier en chef, a le mérite d'avouer qu'il s'adresse aussi à ces électeurs-là qui sont à l'origine ceux de la droite parlementaire, comme le pensait d'ailleurs en son temps M. Pasqua qui n'avait pas hésité à dire le plus naturellement du monde que la droite avait les mêmes valeurs que le FN. L'autre braconnier, Philippe de Villiers, j'avoue que je ne sais pas très bien dans quelle enseigne il loge en matière d'immigration ou carrément de racisme tant son mouvement est comme une espèce de franchise du FN. Cette partie de chasse électoraliste resterait seulement choquante si elle n'était pas doublée d'une forme rare de maccarthysme à la française, du donnant donnant que seuls les politiques savent négocier et les voix du FN coûtent extrêmement cher. Elles influent sur tout. La rhétorique devient de plus en plus violente, les déclarations à l'emporte-pièce deviennent le lot quotidien et on tape sur les immigrés comme sur un tambour bantou. La promesse est même faite à la France entière qu'on va la nettoyer au karcher, cette racaille qui empoisonne la vie des Françaises et des Français. Mais ces propos excessifs ne sont pas tenus au hasard, de manière innocente, c'est assez cynique mais c'est une manière de semer quelque chose qui va être électoralement payant. La seule justice que je puisse, à titre personnel, rendre au leader du Front national est qu'il ne se cache pas derrière une langue de bois, ni ne donne dans un exercice d'équilibriste comme d'autres. Il assume. De la notion de préférence nationale à l'invitation, pardon à la sommation faite aux étrangers d'aimer la France ou de la quitter, en passant par son relatif négationnisme vis-à-vis de l'holocauste et ses jeux de mots on ne peut plus douteux. Mis à part sur l'holocauste, les autres disent un peu la même chose mais dans une magnifique langue de bois, la langue quasi officielle d'une France en période d'élection. Si dans la ville où on tient son meeting électoral, le FN est au plus haut, comme dans une ville comme Nîmes, par exemple, l'œillade à l'extrême droite se fait de plus en plus ouvertement et presque sans prendre des gants. Il serait peut-être intéressant pour les gens, Français ou autres, qui ont encore une certaine idée de l'humain, d'examiner, avec ou sans un sourire en coin, les trois déclarations qui suivent, celles, dans l'ordre, de Nicolas Sarkozy, de Jean-Marie Le Pen et de Philippe de Villiers, on ne sait pas s'ils répondent en chœur dans une chorale fatiguée, ou encore s'ils se donnent la réplique dans un beau navet français de seconde zone. Magneto, Serge :

- Si certains n'aiment pas la France, qu'ils ne se gênent pas pour la quitter.

- La France, aimez-la ou quittez-la.

- La France, tu l'aimes ou tu la quittes.

La question n'est sûrement pas d'aimer ou non la France. Tous ceux qui y habitent ne demandent pas mieux que de l'aimer. Le problème est beaucoup plus profond que ça. Si vous remplacez le mot France par Canada dans ces trois phrases, vous allez créer au mieux une loufoquerie, et au pire un terrible non-sens. Tous les gens qui habitent le Canada l'aiment, qu'ils soient désœuvrés ou même fracturés sociaux. Ils ne le vandalisent pas ; ils ne se défoulent pas en brûlant des milliers de voitures. Non, ils aiment le Canada. Pourquoi ? C'est tout simplement parce que tout le monde s'emploie à créer les conditions d'un pays et d'un vivre-ensemble qui plairaient à n'importe quel immigré qui débarquerait de n'importe quel pays du monde. Le problème ne se pose pas en termes d'amour pour le pays mais plutôt en termes de politiques choisies par le gouvernement en place. Il y avait un débat au Québec sur ce qu'on appelle les accommodements raisonnables, cette façon de permettre aux immigrants de vivre leur culture et leur religion. Je ne sais pas si c'était parti d'une bonne intention ou c'était une manière de faire taire le débat, d'éteindre le feu attisé par le chef de l'Action Démocratique du Québec, un parti qui était toujours à la troisième position aux élections. Mais son chef, monsieur Dumont, avait flairé la bonne affaire. Il a non seulement fait une bonne campagne dans la forme mais aussi dans ses emprunts éhontés à la France. Il avait suffi qu'un sondage fasse l'effet d'une bombe en stipulant qu'une bonne proportion de Québécois était plus ou moins raciste pour que le programme de ce parti s'y aligne. Il a commencé à taper sur les immigrants, sur leur propension à toujours vouloir être accommodés culturellement. Il martelait ce message de dépit tous les jours pendant la campagne, un message creux mais présenté très tôt le matin et repris en boucle par les médias d'information continue, il avait fini par faire mouche. Ce matraquage a été chercher, comme il fallait s'y attendre, cette proportion de Québécois plus ou moins racistes, et aussi des indécis qui avaient pensé un moment qu'un programme politique se limitait à monter les uns contre les autres dans une formidable stratégie électorale sans en connaître les lendemains, ni les conséquences. Cela s'appelle naviguer à vue. Comme dans les mêmes conditions, les mêmes causes produisent les mêmes effets, cette dérive droitière a permis à ce parti de décupler ses députés et de passer à un cheveu du pouvoir. La politique, c'est un métier. Mais ce genre de programme à l'emporte-pièce a ses limites. Comme il n'a pas de contenu qui vaille la peine, le contenant seul ne suffit plus à le justifier. La commission sur les accommodements raisonnables recevait des mémoires des gens et des communautés qui avaient quelque chose à dire, des inquiétudes sur le sujet. L'Action Démocratique du Québec avait brillé par son absence, elle qui avait mis du soufre sur un feu jusque-là hésitant ou sur les états d'âme encore rétifs ou en latence. M. Dumont a dit, sans rire, qu'il n'avait rien à dire car il avait déjà tout dit. C'est bien ça le problème, il n'avait absolument rien dit, mises à part les petites phrases sous forme de slogans destinés à entretenir le flou artistique qui entourait son programme social et économique. Cela n'aurait pas été vain de l'entendre, de connaître le fond de sa pensée, ses inquiétudes de citoyen et ses propositions de politique. Personne, à commencer probablement par lui-même, ne peut dire aujourd'hui qu'il en sait le moins du monde sur le contenu d'une certaine idée du Québec que ce parti et son chef avaient. Pas de chance, les dieux de la presse étaient de son côté car ils ne voulaient pas ébranler son momentum, même s'ils n'arrivaient pas à chiffrer ses promesses électorales, qu'il y avait dans son équipe des gens à la moralité douteuse. Personne ne leur avait ensuite mis de la pression pour qu'ils aillent témoigner à la commission, alors que c'est le rôle des politiques de donner une direction au pays, de lui éviter des débordements ou des dérives gratuites. Du coup, d'autres personnes, des illuminées pour la plupart, sont allées aboyer leur haine. Un conseiller municipal, grisé par le succès et le battage autour de cette espèce de croisade qu'il orchestrait contre les immigrés dans sa petite et confidentielle ville d'Hérouxville, s'est senti le droit de répondre du Québec, de combler le vide abyssal laissé par les hommes politiques. Envie de leur dire que les Québécois qui vivent à l'étranger sont aussi et plus souvent accommodés raisonnablement, qu'ils donneraient probablement tout pour rester dans ces pays-là, connus pourtant pour avoir la démocratie difficile.

En Ontario où j'habite, les idées de M. Dumont sur les accommodements raisonnables ne feront pas recette, peut-être grâce au caractère lointain de sa proximité avec la France. Ici, les gens ne plaisantent pas avec ce genre de sorties intempestives. Un ancien maire de Toronto l'avait appris à ses dépens. Alors qu'il défendait, au Kenya, la candidature de la ville de Toronto pour l'organisation des jeux olympiques, il avait été atteint d'une forme rare et subite d'anti-africanite aiguë et avait fait des plaisanteries au goût douteux sur les Africains devant, croyez-le ou non, les membres africains du comité olympique chargés de choisir le pays qui organisera les jeux. C'est se tirer une balle dans le pied sans aucune aide. Évidemment, le tollé provoqué par cette sortie n'était à aucun autre pareil. Il n'avait même pas été mal traduit du kenyan, il l'avait dit en anglais. Il s'était confondu ensuite en excuses, on ne comptait d'ailleurs plus le nombre de fois qu'il s'était excusé. C'était tout à son honneur de le faire là où d'autres s'entêteraient, là où les hommes politiques au Québec ou surtout en France se sentiraient pousser des ailes pour en remettre une louche de temps en temps. Est-ce à dire que les immigrants doivent quitter le Québec ? Absolument pas. La comparaison avec la France s'arrête à des actions isolées et pas du tout institutionnalisés. Le Canada, l'Ontario au premier chef, est à l'abri de ces idées d'une autre époque.

En Ontario, je n'ai pas peur de dire qu'un Jean-Marie Le Pen ne pourra pas atteindre 1%, même après quinze campagnes électorales et encore, et il se fera probablement caillasser à chacune de ses apparitions publiques, même si ce n'est pas le genre de la maison. La notion même de préférence nationale est ici d'une absurdité incommensurable, autant dire qu'elle n'existe pas. Le chef de l'Etat canadien était, il n'y a pas longtemps, non seulement une femme mais noire, née ailleurs. Ce serait un crime de lèse-majesté en France si une telle chose arrivait, déjà que les hommes sont obligés de se faire violence pour accepter l'idée de la parité, leur imposer ensuite à tous un chef d'Etat ou même un premier ministre de couleur, c'est sûrement dépasser les limites de l'acceptable. La suprématie blanche aboyée un jour par Le Pen est désormais appuyée par un quart de Français qui, rappelons-le, ne trouve plus rien à redire aux idées fascistes et xénophobes du président du Front national. Vous allez, avec tout ça, demander à un immigré d'aimer la France ! Ce fameux quart de Français, savez-vous où il est ? Il est dans les préfectures et les commissariats de police, les bureaux de pôle emploi, dans les agences d'emploi temporaire, les aéroports, les gares, les trains, dans les propriétaires et les voisins, partout où il est possible d'emmerder, de tenir la dragée haute, de narguer ou de pousser à bout un immigré qui aurait l'idée saugrenue d'aimer la France. Ils finissent alors par l'avoir, l'immigré et ses intentions. L'homme est né bon, disait

Rousseau, mais que c'est la société fondée sur les inégalités qui le dépravent, qui le rendent mauvais. Notre ami, l'immigré, qui vient de boire cul sec toutes les humiliations du monde, qui se lève et se couche dans la morosité et la confrontation, qu'on accuse à tort et à longueur de journée d'être venu seulement manger le pain des Français, à qui on brandit la menace d'un charter prêt à partir, etc., je vous assure qu'aimer la France ne peut pas être dans ses projets immédiats.

Ce quart de Français qui souffre de la gangrène n'est pas seulement de droite ou d'extrême droite, tout le pays est touché, même les clivages politiques ont du mal à y résister. La sortie incompréhensible de feu George Frèche laisse aussi songeur. J'avoue que je n'avais pas compris ses motivations. Il avait déjà provoqué un tollé en traitant les Harkis de sous hommes, voilà qu'il rechutait dans un sujet gratuit, un de ceux qui ne font même pas avancer le schmilblick de la maison France. Après une coupe du monde et une coupe d'Europe gagnées haut la main, Georges Frèche découvre, oh stupéfaction, qu'il y a trop de Blacks en équipe de France de football, neuf sur onze, a-t-il compté, que ça ne reflétait pas la société, la normalité qui voudrait qu'il y en ait trois ou quatre. J'aurais pu apparenter cette sortie à celle de Jean-Marie Le Pen au lendemain de la victoire à la coupe Davis de l'équipe de tennis du capitaine Yannick Noah. Dans l'euphorie de cette mémorable victoire, la France n'ayant plus gagné cette coupe depuis une éternité, rappelons-le, la foule avait spontanément entamé la chanson *Saga Africa* de Noah, le succès de l'heure quoi ! et les joueurs, tous blancs, dansaient ensuite en petit train, donnant par le fait même l'image d'une France ouverte et unie. Jean-Marie Le Pen s'était offusqué de ça car cette image-là pouvait sérieusement menacer l'existence de son parti. *Divide et impera* était en quelque sorte sa devise et elle se trouvait sérieusement malmenée, l'horreur quoi ! Pour sa gouverne, les équipes de France de natation, de water-polo, de golf, d'équitation, de bobsleigh, de ski, de canoë-kayak, de curling, de tous les autres sports élitistes, la sélection naturelle se fait toute seule et que ce serait peut-être une bonne idée pour lui d'aller leur apporter son soutien inconditionnel, je ne suis pas sûr qu'il sera accueilli avec des fleurs, la haine appelant la haine en règle générale.

Les deux sorties sont, certes, de l'ordre du folklore mais ces dirigeants ne cherchaient probablement pas autre chose que de faire parler d'eux. Parlez-en en bien, parlez-en en mal mais parlez-en, comme disait l'autre.

Dans la même veine, on assistait à une sorte de déferlante de propos haineux ou racistes de la part de ceux qui sont, soit des voix autorisées, soit des voix qui portent. Un animateur d'émission de musique à la télévision publique, alors à la fin de sa vie, a été atteint, lui aussi, d'une forme sévère et incurable d'anti africanite aiguë. Il avait dit des choses graves mais qui, tout compte fait, tenaient plus de son inculture, de sa méconnaissance des réalités du monde que du racisme proprement dit. Le monde dans lequel il vivait depuis des décennies a la vue et l'ouïe obscurcies par le strass et paillettes, le flonflon, le bal musette et l'accordéon, rien pour aider à comprendre ce qui se passe ailleurs. Il recommandait, sans rire, de stériliser la moitié de la planète à partir de l'expérience de l'Afrique qui, d'après lui, se meurt des enfants qui y naissent et que les parents n'ont pas les moyens de nourrir. Mais il faut que les gens sachent que la recherche de la solution à la pauvreté du monde ne réside pas dans le fait de jeter l'opprobre sur un peuple et d'en dédouaner un autre qui vivrait des frustrations quelconques ; que la guerre en Irak et en Afghanistan coûte une somme indécente, largement suffisante pour améliorer considérablement la situation des enfants en Afrique et ailleurs, y compris ceux de France ; que l'Afrique est non seulement le berceau de l'humanité mais aussi celui où les pays occidentaux vont et reviennent pour se constituer un matelas de sécurité financière ; que ces enfants africains qui naissent auraient vécu comme s'ils étaient nés ici et maintenant si la distribution des richesses mondiales se faisait de manière équitable. Comment expliquer le fait que l'actuel Congo, l'ex-Zaïre, qui était considéré comme un scandale géologique à une époque parce que ses richesses minières étaient insolemment abondantes, se retrouve aujourd'hui avec une dette de plusieurs milliards de dollars et une situation économique exécrable ? Comment expliquer le fait que ces mêmes pays occidentaux sont toujours en train d'armer celui des Africains qui promet de mettre le feu dans son pays pour prendre le pouvoir dont il sait qu'il ne lui en sera que délégué ? Voici quelques questions sur trente-six mille autres que l'on doit se poser avant de s'avancer sur un sujet qui n'est pas dans ses cordes. Il faut, pour certaines personnes, descendre de leur piédestal pour peut-être voir plus clair et, par voie de conséquence, exprimer des regrets. Féru de musique, il aurait pu le faire en chanson, même ringarde, les enfants africains l'auraient chantée quand même, pendant qu'ils joueraient aux marelles ou quand ils iraient, sous un soleil incandescent et sans manger, accueillir un président occidental, en véritable nabab, sur le boulevard national. De l'aplaventrisme officiel. Et séculaire.

Mais il y a des moments de répit, il faut leur rendre cette justice-là. Les immigrés sont oubliés par ces politiques dans une parenthèse consacrée à s'entraccuser de tous les maux. Ainsi donc, dépendamment des élections, l'insulte suprême était de se voir traiter de la pensée unique. C'était dur à comprendre pour la plupart des consciences moyennes qui ne voyaient pas en quoi c'était insultant. Ils passaient et repassaient à la télé pour apporter des démentis formels, ainsi de suite. Pendant ce temps, j'avoue que je bénissais la France car les gens faibles étaient quelque peu laissés tranquilles. Et ce n'était pas fini car dès que le fait d'avoir la pensée unique devenait éculé ou perdait de sa substance, ils s'accusaient d'autres tares aussi abstraites : la technocratie ou la technostructure, c'était selon. Technocrate de Bruxelles ou de Paris ne faisait pas bien dans l'électorat car il l'assimilait à l'austérité ou à l'insensibilité, le péché de quelqu'un qui travaille caché derrière ses piles de papiers, loin des réalités quotidiennes des Françaises et des Français. On en riait des fois mais ce n'était pas du tout drôle de voir que les vrais problèmes auxquels les gens étaient confrontés ne faisaient pas partie du débat, le contenant ayant souvent pris le pas sur le contenu. Les jeunes des cités qui assistent à ce genre de débats aériens et loufoques n'ont aucune envie d'aller voter, la distance qui les sépare de cette France-là se creusant de plus en plus. Comment donc les amener à respecter leur pays d'adoption ? Personne à ce jour n'a jamais trouvé réponse à cette question. Mais c'est quasiment une peine perdue que d'attendre du respect de la part d'un jeune qui ne se respecte pas lui-même, qui ne s'aime pas. Peut-être faudrait-il commencer par leur donner cette estime de soi qui leur manque, ce respect d'eux-mêmes qu'ils ont perdu en même temps que l'espoir. La thèse largement répandue en France est que ces jeunes ne sont là que pour emmerder le monde, il faut donc les emmerder avant. Personne n'a jamais pensé que leur démarche n'a jamais été qu'intégrationniste. C'est l'histoire de la poule et de l'œuf, je ne pense pas sincèrement que si on leur offrait les moyens de leurs rêves, ils continueraient à se changer en casseurs ou en sauvageons. Ils réagissent plus qu'ils n'agissent.

La grande question à laquelle il faudra répondre un jour est celle de savoir si ce ne serait pas préférable pour ces gens de quitter la France. Tous ces immigrés qui servent de punching-ball à tous ceux qui ont des ambitions démesurées et qui ont fait une fixation sur une seule et unique échéance devraient y réfléchir. Pourquoi passer sa vie dans une adversité continue ? Pourquoi continuer à manger le pain français qui vous reste chaque matin en travers de la gorge ?

Dans la vie, il faut parfois savoir recommencer, reculer pour mieux sauter, se saborder même, pourvu que sa dignité soit sauve. Et en plus, il n'y aura pratiquement pas de répit car les élections vont se succéder et les surenchères aussi, avec la dérive droitière comme corollaire. Même les élections municipales donnent lieu à de très belles occasions de mauvaise foi flagrante. Tenez, une vieille dame à qui on a tendu un micro dans un vox pop ordinaire s'est plainte de la présence d'étrangers dans son village. Quand le journaliste lui fait remarquer qu'il n'y avait pratiquement pas d'étrangers dans ledit village, elle a feint de ne pas le savoir. La scène était évidemment de toute beauté mais elle était également symptomatique de ce qui se passait en France, de ce que les gens arrivent à gober sans faire la différence entre le racolage, les appels du pied et la vérité vraie, victimes involontaires du matraquage médiatique de certains sujets qui divisent.

C'est toujours en français dans le texte quand il s'agit pour les hommes politiques de dire ces choses-là aux Françaises et aux Français mais c'est en langue de bois quand ils sont interpellés par la presse ou l'opposition quand il y en a une. Certains immigrés mettent du temps pour donner un sens à des discours sortis de nulle part. On ne peut pas leur reprocher de manquer la force de tout comprendre, ni l'envie. Ils doivent tout d'abord vivre. Survivre, pour la plupart d'entre eux. Incapables de partager entre eux l'idée qu'ils ont le droit d'exister, de vivre en France comme des milliers de Français en Afrique ; ils ont le droit au pain français comme les Français au pain africain qui, lui, est préparé avec du blé de premier choix, pas génétiquement modifié. A la place, certains d'entre eux choisissent le complexe d'infériorité, la génuflexion et toutes les autres concessions du même acabit. Ainsi va la France, si loin de la fantasmagorie collective qui prend une place de choix dans les bagages de l'immigré type. Plus dure est la chute. Forcément.

Ici se termine ce récit hybride, moitié fiction moitié autre chose. Il sera lu et toutes ces tranches de vie rencontrées à travers ces pages oubliées, à commencer par celle de Begag, sacrifiée sur l'autel de l'égoïsme et d'un je-m'en-foutisme tout à fait ordinaires, comme si de rien n'était, comme s'il ne s'était rien passé le jour où il avait choisi de se saborder. Par dépit. Et en réponse à ce refus délibéré de la différence.

Romans et nouvelles d'Europe

aux éditions L'Harmattan

Dernières parutions

L'ABSENCE
Roman
Dominique Baillet
L'auteur, sous le mode d'un roman-confession, restitue à la première personne le long cheminement d'un jeune homme français qui, grâce aux femmes qui ont jalonné sa vie intime, recherche sans relâche son père qu'il n'a jamais rencontré, un Italien du Nord, dont il ne connaît que peu de chose par sa mère. Il commence sa quête dès l'âge adulte en Italie sous le mode d'une quasi-enquête policière, mobilise toutes les personnes de son entourage, mais rencontrera de nombreux obstacles pour atteindre son but.
(Coll. Rue des écoles, 19 euros, 200 p., décembre 2014)
EAN : 9782343049298 EAN PDF : 9782336363271

L'ACCIDENT
Roman
Elsa Dauphin
En fin de journée, dans la pénombre de sa chambre, Sophie se réveille. Âgée d'une trentaine d'années, Sophie est handicapée suite à un accident survenu dans son enfance ; elle en conserve de graves séquelles qui la rendent entièrement dépendante de ses parents, Sylvie et Hector, avec qui elle vit. Au fil de la nuit, chacun des trois protagonistes tisse la trame de ses souvenirs pour revenir à l'origine de l'accident et de ses conséquences... Un huis clos familial où les sentiments exacerbés se partagent entre affection, rancœur et résignation.
(Coll. Écritures, 19,5 euros, 214 p., décembre 2014)
EAN : 9782343043678 EAN PDF : 9782336363080

LES CHRONIQUES DROLATIQUES D'UNE INTÉRIMAIRE
Roman
Michèle Madar
Sur un ton léger et drôle, les chroniques de «l'Intérimaire», une anonyme parmi tant d'autres, dépeignent ses missions autant rocambolesques que burlesques. À travers ce nouveau roman, Michèle Madar décrit avec amusement et tendresse, mais sans complaisance, le sort qui est fait à ses semblables dans un monde en mutation.
(18 euros, 194 p., novembre 2014)
EAN : 9782343045887 EAN PDF : 9782336359823

LA CITÉ DES HAUTEURS
Roman
Hubert de l'Estourbeillon
L'auteur nous invite à suivre le personnage de Blaise l'Albigeois, marchand d'objets d'art, qui découvre avec ses amis une communauté réfugiée dans la Cité

des hauteurs. Cette fable futuriste riche de propositions se déroule à la manière des contes d'antan.
(Coll. Rue des écoles, 13,5 euros, 128 p., décembre 2014)
EAN : 9782343048529 EAN PDF : 9782336364612

LA COMPAGNIE DES AILES
Roman
Patricia Duflot
Luna, trente ans, n'a qu'un rêve : voler. S'extraire de la lourdeur terrestre. Au chômage, elle se sent inutile dans sa cité de la banlieue Est de Paris. Son surpoids la gêne et la rend honteuse. Elle s'inscrit au club de ping-pong de son quartier et y rencontre un drôle de personnage, «Little Mambo», un vieil homme en fauteuil roulant. Ce petit roman revisite la notion de handicap. Clin d'œil au *Petit Prince*, humour et rêverie citadine.
(Coll. Rue des écoles, 13,5 euros, 122 p., novembre 2014)
EAN : 9782343042527 EAN PDF : 9782336360188

DANS LES CERCLES DE L'ENFER
Récit d'un prisonnier politique albanais
Lek Pervizi
« Chaque matin, à la première lueur du jour, dans les quatre casernes cyclopéennes où les internés étaient enfermés et entassés par milliers, résonnait tout d'un coup le son métallique de la « tchanga ». C'étaient des gongs formés de grosses douilles d'obus en bronze que l'on frappait à coups de barres de fer. Un fracas étourdissant se répandait le long de la vallée du fleuve Viosa, terrifiant les montagnes alentour et la forteresse de Tepelenë qui jetait son ombre lugubre sur le camp de concentration installé à côté d'elle par le régime communiste de Tirana. »
(Coll. Lettres d'Albanie, 14 euros, 136 p., novembre 2014)
EAN : 9782343016320 EAN PDF : 9782336360782

J'AI RÊVÉ D'UNE ENTREPRISE « 4 ÉTOILES »
Parcours de jeunes auditeurs financiers
Récit
Hem'sey Mina
Eden a obtenu, très jeune, ce dont il rêvait : des diplômes, un emploi respectable et de l'argent. Accompagné de ses camarades, il va connaître l'euphorie de l'expatriation et du statut social. Cependant une série d'évènements, aussi drôlement tristes les uns que les autres, vont bouleverser leur vie et remettre en question leur choix. On trouve ici un décryptage de l'environnement social des étudiants d'écoles de commerce et de l'univers de la finance.
(20 euros, 220 p., décembre 2014)
EAN : 9782343049809 EAN PDF : 9782336364018

JOURNAL D'E.
Un dessein, un destin - Roman
Denise Flouzat
Edith est si timide et fragile qu'elle signe son journal d'un «E.». Elle y trace l'image d'un homme, sorte de héros accompagnant son adolescence solitaire. Identifiée à Philippe, Edith l'insère dans sa vie presque par hasard. Mais l'histoire de ce couple alternant avec le journal d'Edith le montre emporté par des ambitions

et succès multiples. Au fil du roman se dessine le chemin ardu d'une jeune fille effacée, évoquant presque l'image de la femme moderne.
(Coll. Rue des écoles, 22 euros, 248 p., décembre 2014)
EAN : 9782343046815 EAN PDF : 9782336364476

JUDITH
Une petite (et une grande) nouvelle
Jean-Pierre Perrin-Martin
Pourquoi la planète Terre est-elle devenue silencieuse ? Du fin fond de l'univers, Judith est venue chercher des explications. Des habitats méprisés, des armes nucléaires, des papiers refusés...
(10,5 euros, 68 p., décembre 2014)
EAN : 9782343048451 EAN PDF : 9782336362809

JUSQU'À LA MOELLE !
Le roman d'un éducateur
Enrique Garcia
Ce roman, parfois sombre et pessimiste, mais aussi drôle et entraînant, met en scène des travailleurs sociaux, leurs actions, leurs doutes, leurs colères. Un roman lucide jusqu'à être tragique qui décrit la face cachée des pratiques éducatives auprès des familles en danger.
(Coll. Réseau Tessitures, 21,5 euros, 256 p., décembre 2014)
EAN : 9782343047805 EAN PDF : 9782336364452

KHONSOU ET LE PAPILLON
Roman
Patrick Maurel
D'étranges évènements se produisent dans une maison de retraite. Tous les résidents voient leur corps rajeunir. Le monde entier s'interroge sur ce phénomène dont on découvre que l'enjeu probable est colossal : la thérapie du vieillissement. Comment cette thérapie a-t-elle été mise en place ? Qui l'a commanditée ? Quel est son réel objectif ? Sur fond d'une histoire d'amour impossible, ce "biothriller" nous plonge dans une entreprise terrifiante et surréaliste dont deux jeunes femmes vont devenir les cibles. Mais en sont-elles de simples pions ou les instigatrices ? Qui les manipule ? Qui manipulent-elles ?
(Coll. Écritures, 19 euros, 228 p., novembre 2014)
EAN : 9782343041186 EAN PDF : 9782336361246

LANA STERN
Nouvelles
Jean Palliano
Lana Stern est un recueil de quatre nouvelles. Il est question de femmes énigmatiques et silencieuses, de rencontres faites dans le Paris de l'Occupation, de Mai 1968 ou des années 2000. Dans une langue fluide et classique, Jean Palliano développe une atmosphère et un climat intimes et troubles. Jean Palliano vit à Paris. *Lana Stern* est son premier recueil de nouvelles.
(Coll. Écritures, 15,5 euros, 160 p., décembre 2014)
EAN : 9782343044897 EAN PDF : 9782336362755

LE LIBRAIRE DU RIALTO
Roman
Marie de Bei
C'est l'histoire d'une évolution : un jeune homme, Mario d'Este, échappe à son milieu d'origine par la magie d'une ville, Venise, qui le façonne et imprime en lui le sens de la beauté. Sans l'aide de l'école, il devient ainsi un transfuge social. C'est l'histoire d'une passion, celle des livres, capable de transformer un destin. C'est l'histoire de Venise, une Venise réelle, d'avant le tourisme, riche de la truculence de son peuple. C'est enfin l'histoire d'un amour, celui qui inspire ce livre.
(Coll. Amarante, 22 euros, 266 p., novembre 2014)
EAN : 9782343042886 EAN PDF : 9782336360935

LA LUMIÈRE ET LA NUIT
Roman
Sam Voros
Jalila et Jasmine. Jasmine et Jalila. Deux sœurs jumelles, identiques en apparence, mais qu'en réalité tout oppose : l'une est effacée et intellectuelle ; l'autre, ambitieuse et sensuelle. À travers leur parcours, l'auteur questionne les difficultés identitaires de toute une jeunesse issue de l'immigration, livrée en pâture à une société du spectacle dont il nous livre ici une satire impitoyable. Aucune ne sortira indemne de ce roman d'apprentissage contemporain, véritable scanner d'une France gouvernée par l'hédonisme et l'argent, incapable d'intégrer ses propres enfants.
(Coll. Amarante, 19 euros, 234 p., novembre 2014)
EAN : 9782343045108 EAN PDF : 9782336361413

LA MAIN LESTE
Roman
Colette d'Orgeval
À 18 ans, King a la main leste... terriblement leste. Ce jeune homme parisien ne résiste pas aux pulsions qui l'habitent, celles d'un cleptomane dont le seul soutien vraiment bienveillant est sa grand-mère Audrey. Ce roman nous entraîne dans les courses infinies de King d'un bout à l'autre de Paris, à des allures inouïes, agrippant sacs, bérets, casquettes, écharpes, chiens... jusqu'à ce que la jouissance retombe, et tout ce fatras avec. Ce roman est l'ultime tête-à-tête de ses adieux à Audrey, deux heures quatorze de crémation, pendant lesquelles King lui livre les surprenantes évolutions de ses talents atypiques.
(15,5 euros, 152 p., décembre 2014)
EAN : 9782343046686 EAN PDF : 9782336362960

LA MAISON D'ÉLISE
Roman
Francia Godet
La maison d'Élise est le récit d'un coup de foudre entre une maison, un village et Jeanne. Dans cette maison se sont joués de modestes destins, de modestes histoires, celles de rencontres à la fois simples et improbables, au gré des générations, des hasards, des solitudes.
(Coll. Écritures, 13,5 euros, 120 p., décembre 2014)
EAN : 9782343047867 EAN PDF : 9782336364216

L'HARMATTAN ITALIA
Via Degli Artisti 15; 10124 Torino

L'HARMATTAN HONGRIE
Könyvesbolt ; Kossuth L. u. 14-16
1053 Budapest

L'HARMATTAN KINSHASA
185, avenue Nyangwe
Commune de Lingwala
Kinshasa, R.D. Congo
(00243) 998697603 ou (00243) 999229662

L'HARMATTAN CONGO
67, av. E. P. Lumumba
Bât. – Congo Pharmacie (Bib. Nat.)
BP2874 Brazzaville
harmattan.congo@yahoo.fr

L'HARMATTAN GUINÉE
Almamya Rue KA 028, en face
du restaurant Le Cèdre
OKB agency BP 3470 Conakry
(00224) 657 20 85 08 / 664 28 91 96
harmattanguinee@yahoo.fr

L'HARMATTAN MALI
Rue 73, Porte 536, Niamakoro,
Cité Unicef, Bamako
Tél. 00 (223) 20205724 / +(223) 76378082
poudiougopaul@yahoo.fr
pp.harmattan@gmail.com

L'HARMATTAN CAMEROUN
BP 11486
Face à la SNI, immeuble Don Bosco
Yaoundé
(00237) 99 76 61 66
harmattancam@yahoo.fr

L'HARMATTAN CÔTE D'IVOIRE
Résidence Karl / cité des arts
Abidjan-Cocody 03 BP 1588 Abidjan 03
(00225) 05 77 87 31
etien_nda@yahoo.fr

L'HARMATTAN BURKINA
Penou Achille Some
Ouagadougou
(+226) 70 26 88 27

L'HARMATTAN SÉNÉGAL
10 VDN en face Mermoz, après le pont de Fann
BP 45034 Dakar Fann
33 825 98 58 / 33 860 9858
senharmattan@gmail.com / senlibraire@gmail.com
www.harmattansenegal.com

L'HARMATTAN BÉNIN
ISOR-BENIN
01 BP 359 COTONOU-RP
Quartier Gbèdjromèdé,
Rue Agbélenco, Lot 1247 I
Tél : 00 229 21 32 53 79
christian_dablaka123@yahoo.fr

638965 - Janvier 2016
Achevé d'imprimer par